모쪼록

최선이었으면 하는 마음

모쪼록
최선이었으면 하는 마음
이재호

몇 년 전 큰맘 먹고 떠난 2주간의 유럽여행에서 프랑스에 할애된 시간은 고작 4박 5일이었습니다. 도심 어디에나 무심히 나타나는 공원을 산책하기에도, 아무 계단에나 앉아 반짝이는 에펠탑을 바라보기에도, 골목골목 크고 작은 플리마켓을 둘러보기에도 빠듯했습니다. 하물며 루브르박물관과 오르세미술관을 차근히 돌아볼 여유도 없었으니까요.

그렇게 파리는 제게 아쉬움 가득한 곳으로 남아있는데요, 이 원고를 처음 읽다가 하마터면 파리로 가는 비행기표를 끊을 뻔했습니다. 노천 카페에 앉아 커피만 마셔도 좋다고 생각했던 제가 놓치고 온 음식들이 너무 많았더라고요. 피자, 파스타 등으로 유명해진 이탈리아 요리에 비해 프랑스 요리는 아직 우리에게 조금 생소하기도 합니다. 그러니까 프랑스에 가서 무엇을 먹어야 하는지조차 잘 몰랐던 것이죠.

이 책은 삼수 끝에 의대를 다니다가 별안간 떠난 프랑스에서 요리학교를 졸업하고 돌아와 다시 의사를 꿈꾸며, 오직 스스로를 위해 혼밥이어도 정찬처럼 잘 차려 먹는 한 남자의 '자취생활' 이야기입니다.

그 실력은 요리학교 최우수 졸업장이 증명하듯, 지인들의 파티에 케이터링 담당으로 섭외되거나 학업에 조금 여유가 있을 때는 실제 레스토랑 셰프로 활약하기도 할 정도로 출중합니다. 의대에서는 '마카롱 오빠'로 불리고, 가족 모임에서는 오너 셰프의 마음으로 메뉴판까지 준비해 풀코스로 식구들을 대접한다고 하네요.

집에서 혼자 먹는 한 끼라도 대충 차리지 않겠다는 마음, 스스로 나를 잘 먹이고 대접하겠다는 의지. 그렇게 식탁에서 실천하는 '모쪼록 최선이었으면 하는 마음'은 열심은 아니지만 그렇다고 나태도 아닌, 느슨한 삶의 태도와도 맞닿아 있을 거예요. 의대에 진학한 것도, 프랑스로 떠난 것도, 요리학교를 졸업한 것도, 모두 그 '모쪼록'의 마음에서 출발한 것이 아닌가 싶어졌습니다.

그리고 저는 다짐합니다. 다음에 또 프랑스에 가게 된다면, 그때는 꼭 열 밤 자고 와야지! 하고요.

Editor 김지향

차례 ──────

손수 밥을 지어 먹는다는 것

'자취'를 국어사전에서 찾으면 뜻은 다음과 같다.

[명사] 손수 밥을 지어 먹으면서 생활함.

자취를 막 시작할 적의 내 모습을 떠올려보면 물가에 내놓은 어린아이 보듯 바라보시던 엄마의 표정이 이해가 간다.

"이제 다 컸거든요? 나도 어엿한 성인이에요. 어떻게든 알아서 할 테니 걱정하지 마세요!"

양말 하나 제대로 뒤집지 않은 채 빨래통에 던지는 주제에 얼마나 철없이 굴었던가. 내게 무엇이 필요하고 필요치 않은지, 집안일이란 어떻게 하는 것인지 모든 걸 몸소 부딪히며 깨달아야 했다. 그러니 집에서 손수 밥을 지어 먹는 행위란, 고작 나 하나 먹여 살리겠다고 장 보고 요리하고 설거지까지 해야 하는, 가장 비효율적이고 뒤로 밀려나기 쉬운 가사 노동이었다. 그 시절의 나는 '자취'를 한 것이 아니라 '독거'를 한 것이었다.

세상이 참 좋아졌다. 바쁜데 장 볼 시간이 어딨느냐고 핑계를 대기에는 스마트폰 터치 몇 번에 장

보기가 끝난다. 생소한 식재료도 손쉽게 검색해 구할 수 있다. 심지어 자정 전에 물건을 주문하면 다음 날 새벽 집 앞에 물건을 놓고 가는 서비스도 있다. 자취계의 응급 구조사다. 건국 이래 자취하기에 이보다 더 편한 세상은 없었으리라.

프랑스 주방 용어에 '미즈 앙 플라스(mise en place)'라는 표현이 있다. 줄여서 흔히 '미장'이라고 부른다. 직역하면 제자리에 놓는다는 뜻으로, 요리를 시작할 수 있는 상태로 재료를 준비해놓는 것을 말한다. 프랑스 요리는 즉석에서 요리해 내는 것이 원칙이지만, 시간 안에 음식을 만들 수 있는 상태까지는 미리 손질해둔다는 것이다.

TV에서 셰프들이 요리할 때야 재료 손질부터 하나하나 다 보여주지만, 그건 그저 TV쇼일 뿐이다. 실제 업장은 절대 그렇게 돌아가지 않는다. 어디까지 미리 준비해둘지는 업장마다 다른데, 작은 양의 여러 음식을 순차적으로, 이를테면 10코스 이상으로 내놓는 곳들은 사실상 서비스 중에는 음식을 조립만 한다고 봐도 무방하다. 그래야 간신히 손님이 먹는 속도에 맞추어 음식이 나갈 수 있다.

집에서 실제 업장처럼 매일 미장할 수는 없지만, 그래도 최소한 1주일에 하루는 장을 보고 미장하는 날을 갖는다. 직접 마트에 가기보다는 틈틈이 앱을 켜서 필요한 것을 장바구니에 담아둔다. 그러다 무료배송 최소 금액이 넘거나 할인 쿠폰을 쓸 수 있게 되면 결제한다. 마트 앱에 자주 접속해보는 것만으로도 언제 무엇을 사야 싸게 잘 사는 것인지 알게된다. 이를테면, 미국산 척 아이롤은 100g에 1,000원대일 때 산다. 2,000원이 넘어가면 패스. 그 가격이라면 살치살이다. 5% 할인이나 300원 할인 정도는 콧방귀를 뀌며 무시한다. 하지만 30%가 넘는 할인이나 1+1 행사에는 기꺼이 낚여준다.

마트에 직접 가는 일도 더러 있다. 어쩌다 저녁 7~8시 즈음 마트 앞을 지나갈 때면 한번씩 들르는데, 그럴 때는 가는 구역이 정해져 있다. 우선 신선재료 할인 코너를 간다. 채소가 신선하지 않은 것은 값어치가 없다고 생각하지만 과일은 유심히 살펴보면 이따금 호재를 발견할 수 있다. 대부분은 과일이 제대로 숙성되기 전에 진열되는데, 이처럼 막바지에

몰린 것들은 후숙이 완전히 이루어진 경우가 많다. 예를 들어 점박이가 된 바나나는 겉보기에는 이상해도 당이 최고조로 올라왔을 때이다. 그런 것들을 집으로 데려가 손질하여 냉동실에 넣어두었다가 야금야금 꺼내 먹는다.

당일 만들어 파는 회, 해물, 족발, 수육 판매대 등도 유심히 살핀다. 마감 할인 때 할인율이 유독 높은 것들이 있다. 혼자 먹는 야식으로 그만한 가성비 음식이 잘 없다. 배달 야식은 아무리 최소 단위를 시켜도 대개 2인분이 온다. 요즘은 전에 없던 배달비까지 생겼다. 나가기 귀찮을 때는 그래도 시켜서 저녁과 아침으로 나누어 먹기도 하는데, 솔직히 자주 먹기는 부담스럽다.

그렇다 보니 매주 다르게 먹는다. 1주일마다 냉장고를 완전히 새롭게 재편하는 것이다. 물론, 장을 본 후 처음 며칠은 의도했던 요리를 하고 그 후에는 재료가 상하기 전에 먹어 치우기 위한 냉파(냉장고 파먹기) 요리를 해야 하는데, 이것도 자주 하다 보면 꽤 그럴싸한 조합들을 만들어낼 수 있다. 마트에서는 주로 제철 식재료로 그 주의 할인 행사를 구성하므로 장을 보기만 해도 계절이 지나가는 것을 체감하기도 한다. 귤이 나오는 걸 보니, 겨울이 다가오는구나. 대저토마토가 나오다니, 봄이 오겠네. 수박이 슬금슬금 고개를 드는 걸 보니, 여름이 되었구나. 무화과가 나온다니, 가을이 왔구나. 변하지 않고 때맞춰 찾아오는 것들에 안정감을 느낀다.

집에 식재료들이 오면 가급적 바로 기본적인 손질은 해서 냉장고에 넣어둔다. 고기, 해산물 등은 키친타월로 앞뒷면의 물기를 모두 제거한 후 진공포장하고 날짜와 재료명을 적어 라벨링 한다. 업장용 진공포장기를 집에서도 쓸 수 있으면 좋겠지만 그건 너무 비싸다. 나는 저렴한 가정용 진공포장기를 쓰는데 가격 대비 성능이 꽤 쏠쏠하다. 그냥 보관했으면 며칠 안에 상할 것이 1주일에서 2주일은 거뜬하게 버티어준다. 건강을 신경 쓰면서부터는 식단에서 채소와 과일의 비중을 조금씩 늘려가고 있다. 이것은 특히 바로 손질해야 한다. 그러지 않으면 자꾸 다음에 먹어야지 하고 미루다가 쉬이 시들어버린다.

방울토마토와 씨 없는 포도 등 한입에 쏙 들어가는 것들은 간식처럼 언제든 먹을 수 있게 꼭지를 떼고 잘 씻어 소분해둔다. 요즘에는 파프리카를 자주 먹는데, 이것은 칼로 꼭지를 도려낸 후 세로로 4등분을 한다. 그런 후 뒤집어서 칼로 하얀 부분을 도려낸다. 그러면 씨와 함께 아린 맛을 내는 부분을 모두 제거할 수 있다. 적당히 먹기 좋은 크기로 자르고 씻어서 보관한다. 누워서 TV 볼 때 과자를 먹으면 어쩐지 죄책감이 드는데, 이런 채소나 과일을 먹으면 뭔가 나를 호강시킨 것 같은 기분마저 든다.

대파는 잘 씻어 흰 부분과 초록 부분을 구분한 뒤 통에 담아 보관한다. 브로콜리나 아스파라거스 등의 초록 채소들은 먹기 좋게 손질한 후 굵은 소금을 넣은 끓는 물에 데친다. 초록색이 더 푸르러졌다 싶으면 건져내어 얼음물에 식힌 후 보관한다. 이러면 평소에 요리하기가 훨씬 수월해진다. 간단히 이즈니 버터에 볶기만 해도 맛있는 채식 한 끼가 된다.

이런 식으로 준비를 잘만 해두면 바쁜 평일에도 집에서 요리해 먹는 일이 어렵지 않게 된다. TV에서 셰프들이 요리를 뚝딱뚝딱 해내는 모습이 신기하게 보이겠지만, 익숙해지기만 하면 누구든 자신의 주방에서 그렇게 해낼 수 있다. 하루에 얼마만큼 먹으면 충분한지 그 양을 더는 남에게 맡기지 않아도 된다. 내 1인분은 내가 제일 잘 안다. 장을 볼 때 '이번 주는 이만큼만 사면 충분하겠지.' '이 정도면 신선할 때 전부 다 먹을 수 있겠어.'라고 얼추 가늠할 수 있게 되는 순간이 온다. 그럴 때마다 문득문득 깨닫는다. 나, 이제 진짜 자취하는구나.

손수 밥을 지어 먹는다는 것은 삼시 세끼 매일 돌아오는 행복할 기회에 충실하겠다는 것이며, 내가 나를 스스로 대접하고 책임지겠다는 것이다. 삶은 늘 내가 뜻하는 대로 되지 않지만, 적어도 오늘 먹을 내 한 끼는 내가 원하는 대로 해 먹을 것이다. 이 집에서 이 주방에서, 나는 안전하게 행복하다.

어찌할 수 없었던 날들

사람들이 많이들 궁금해한다. 어쩌다 의대를 다니다 말고 프랑스 요리학교에 갔는지. 혹은 잘 모르는 사람들은 요리사를 하다가 의사로 진로를 바꾼 거라고 오해하기도 한다. 의학전문대학원 제도가 생긴 이후 다양한 직업군 출신의 의사들이 배출되고 있으니 충분히 그럴 만도 하다.

프랑스 요리에 빠지게 된 건 순전히 우연이었다. 오래전 한때 만나던 사람과 기념일이라고 비싼 식당을 예약했는데, 그곳이 프렌치 레스토랑이었다. 서양 음식이라곤 피자, 파스타밖에 모르던 때였으니 프랑스 음식을 처음 접한 그 순간은 그야말로 문화 충격으로 다가왔다.

"손님, 오늘 준비된 요리는⋯"
"메인은 어떤 것을 하시겠습니까?"
"굽기는 어떻게 해드릴까요?"
"와인 하시겠습니까?"

자리에 앉자마자 셰프가 주방에서 나와 커다란 칠판을 가져와서는 이러쿵저러쿵 설명하기 시작했다. 프랑스어로 한 줄 한글로 한 줄 적혀 있는데, 프랑스어는 애초에 읽을 수가 없었고 한글은 읽을 수는 있어도 도무지 이해할 수 없는 말뿐이었다. 셰프는 친절했을 것이다. 최선을 다해 설명했을 것이다. 그러나 용어가 나에게는 지나치게 생소했다. 같이 제공된 와인 리스트 역시 아무리 봐도 뭐가 뭔지 전혀 알 수가 없었고 가격은 하나같이 다 비쌌기 때문에 그저 두려웠다. 소심하고 내성적인 탓에 그럴 때면 괜히 위축되는 편인데, 셰프의 듬직한 어깨와 꼿꼿한 허리에 나는 더욱 움츠러들었다. 그 셰프에게서 얼핏 자신의 요리에 대한 자부심 혹은 어떤 오만함 같은 것이 비쳤는데, 그때였다. 이것을 정복해야겠다는 마음이 일었다.

지금으로부터 10여 년 전의 일이다. 해외 요리 유학파들이 귀국하여 레스토랑을 열기 시작하고 드라마 〈파스타〉의 선풍적인 인기에 힘입어 '주방장' 대신 '셰프'라는 단어가 대중에게 차츰 익숙해져갈 무렵이었다. 우선은 프랑스 요리와 친해져야겠다고 생각했다. 내가 택한 방법은 그저 무식하게 자주 접해보는 것. 가격대가 다소 높으니 두 번, 세 번 외식할 비용을 아껴 한 번 프렌치 레스토랑에 가고 그 외에는 라면과 떡볶이로 끼니를 때웠다. 미국 뉴욕에 있던 셰프가 압구정에 새로 레스토랑을 열었다더라. 프랑스 파리에서 공부한 셰프가 삼청동에 새 가게를 연다더라. 프랑스 요리를 좋아하는 마니아층이 당시는 꽤 얕았기에 소문이 쉽게 돌았고 하나의 유행처럼 신규 업장을 찾아 우르르 몰려다니곤 했다. 그러다 보니 자연스레 서로서로 알음알음 알고 지냈다. 지난주에 청담동에서 긴 생머리 여성과 식사하던 남성이 이번 주에 서래마을에서 단발머리 여성과 있는 것을 보게 되어도 서로 눈 찡긋 하고 모르는 척 떨어져 앉는 일이 빈번하게 일어났다.

　지금 와서 생각하면 다소 어설픈 요리를 내놓던 셰프들도 현재는 세계적으로 인정받는 미슐랭 스타 셰프가 되었고, 같이 먹으러 다니던 사람들은 이제 국내외 굵직한 F&B 업계에서 일하고 있거나 음식 전문 기자, 푸드 인플루언서 등이 된 것을 보면 뭔가 외식 역사의 한 부분을 함께한 것 같아 묘한 기분이 든다.

하지만 인생은 얄궂다. 절대 동화처럼 호락호락하게 흘러가지 않는다. 적어도 내 인생은 말이다. 학생 신분인 주제에 프랑스 음식에 정신 팔려서는 본업인 공부를 소홀히 했으니 시험 점수가 형편없었다. 나는 본업과 취미를 동시에 잘 소화해내는 슈퍼맨이 아니었다.

의대에는 유급이라는 제도가 있다. 점수가 일정 기준을 넘지 못하면 다음 학기로 넘어갈 수 없다. 한 학년 꿇어서 처음부터 다시 모든 과목을 통과할 때까지 재수강해야 한다. 그런데 이를테면 2학기에 유급을 당하면 2학기부터 다녀야 하는데, 당연한 말이지만 2학기가 끝나면 1학기가 온다. 즉 12월에 유급을 당하면 9월까지 할 일이 없는 백수 상태가 되는 것이다. 우스갯소리로 "이번 방학은 8개월짜리야." 라고 말하곤 했는데, 사실은 막막했다. 인생에서 할 일이 없는 공백은 처음이었다.

학창 시절부터 공부만 하고 살았다. 수능 점수를 올리고 올려 상위 1%의 점수를 받아야지만 갈 수 있는 곳이 의대였다. 시간이 모자라 새벽 2시까지 독서실에서 공부했고 네 시간 자고 다시 일어나 7시까지 학교에 가는 일을 매일 반복했다. 그걸로도 모자라 재수에 삼수까지 했다. 힘들었지만 목표가 있었다. 매일 조금씩 발전하고 있다고 스스로 다독일 수 있었다.

그러나 유급은 완전히 다른 차원의 문제였다. 동료들을 따라가지 못해 내쳐졌다는 표현이 맞았다. 내가 노력하지 않아 버려졌다는 인식은 자존감에 크나큰 상처를 주었다. 밖에서 보기에는 '뭐 학교를 좀 오래 다녔네.' 정도로 보일 수도 있지만, 유급생들은 의대 안에서 최하위 계층 취급을 받는다. 온갖 무시를 견뎌야 하고 본인이 본인을 믿지 못하는 지경에까지 이른다.

부모님을 마주하는 일도 스트레스다. 한번은 엄마가 "동네 사람들 다 너 부산에서 의대 다니는 줄 아는데, 평일에 집 근처에서 돌아다니면 뭐라고 생각하겠니. 엄마 쪽팔리니까 최대한 사람들 눈에 띄지 마."라고 하신 적도 있었다. 그래서 집에서 왕복 두 시간이 넘는, 동네 사람들이 절대 올 것 같지 않은 카페에서 하루 열두 시간이 넘도록 아르바이트를 했다.

그렇게 모은 돈으로 무작정 도망쳤다. 내 소식이 닿지 않을 곳으로, 나를 아는 사람이 없는 곳으로. 지금은 전 세계 어디든 와이파이로 연결되는 세상이지만, 당시에는 한 달에 30건 제공되는 네이트온 무료 문자 메시지가 전부이던 시대였다. 그곳이, 내게는 파리였다.

한국에서 의대에 다니다 유급당해 쫓기듯이 왔는지 어쨌는지 묻는 이는 아무도 없었다. 설령 묻는다 해도 대답하지 않으면 그만이었다. 나는 그곳에서 그저 나였다. 오롯한 나였다. 그동안 프랑스 요리가 좋아서 돈을 아끼고 아껴 힘겹게 외식하곤 했는데, 파리에서는 널린 게 프랑스 음식이었다. 고급 레스토랑뿐만 아니라 길거리 음식도, 카페 음식도 모두 다 프랑스 음식이었다. 프랑스 요리는 비싸고 고급스러우며 잘 차려입고 먹어야 한다는 편견이 한순간에 무너졌다. 나는 자연스럽게 프랑스 요리와 더욱더 친해졌고 더욱더 깊이 빠져들게 되었다.

깊이 빠져들면 저항할 수 없게 되는 때가 온다. 즐기는 것을 넘어 직접 만들어보지 않으면 온전히 이해할 수가 없을 것 같았다. 그렇다고 그길로 프랑스 요리학교에 진학하고 미슐랭 스타 레스토랑에서 일까지 했어야 했냐고 묻는다면, 좀 멋쩍어지지만….

그때는 그렇게 해야 할 것 같았고, 아마도 결국 언젠가는 그렇게 될 일이어서 그렇게 된 게 아닐까 생각한다. 깊이 좋아한 누군가와 헤어진 후 비가 대차게 내리는 어느 날, "근데, 우리 왜 헤어진 거야?"라고 묻는 일이라든가, 답이 없어 아쉬운 마음을 뒤로한 채 친구를 불러 술을 마시다 감정이 격해져 기어이 새벽 2시에 결국은 보고 싶다는 메시지를 남기고야 마는, 그런 일 같은 것…. 시간이 지나고 보면 꼭 그랬어야 했는지 물을 일들이지만, 그 순간에는 그렇게 할 수밖에 없는 것이다. 사랑에 빠진 자에게는 어찌할 수 없는 순간들이 있다.

이제는 다시 본업인 의학으로 돌아왔고, 레스토랑에서 요리를 하는 대신 집에서 혼자 요리를 한다. 시간에 쫓기지 않는 덕에 여유롭게 콧노래도 마음껏 부르며 다치지 않게 조심조심 요리한다. 자취 요리다 보니 아무래도 일정 부분 타협해야 할 때도 있지만, 마음껏 고집 부리는 부분도 있다. 여기선 내가 셰프니까 모든 게 내 마음대로다.

때때로 가족이나 친구들을 불러 홈 파티를 즐긴다. 그럴 때면 재미로 메뉴판을 만들어준다. 프랑스어 한 줄 한글 한 줄로 적긴 하는데, 사람들이 단번에 이해할 수 있을 정도까지 아주 친절하게 설명한다. 그런데도 이해하지 못한다면 그건 어쩔 수 없다. 익숙해질 때까지 직접 겪어보는 수밖에. 나를 프랑스 요리에 빠지게 만든 10여 년 전 그 셰프의 모습이 이제는 내게도 간간이 비친다.

어디에도, 어디서도

의사 사회는 굉장히 좁다. 예과생이 본과생이 되고, 본과생이 인턴, 레지던트가 된다. 그들이 임상강사가 되고, 조교수가 되고, 부교수가 되고, 마침내 교수가 된다. 하나의 수직사회이기에 입학할 때 만난 사람을 10년이 지나서도 그대로 본다. 각자의 신분만 달라져 있을 뿐이다. 의대로 돌아온 후 나를 지칭하는 가장 대표적인 표현은 '의대 다니다 말고 프랑스 요리학교 졸업하고 온 애'였다. 우스운 사실은 프랑스 요리학교에서는 '한국에서 의대 다니다 온 애'로 불렸다는 것이다.

두 사회 모두에서 나는 이방인이었다. 아마도 평생 어디에도 온전히 속하지 못할지도 모른다. 그렇지만 프랑스 요리를 배운 것을 두고 후회한 적은 단 한 번도 없다. 간절히 원했으니 언젠가는 할 일이었고, 요리학교를 다니는 동안 하루하루 인생에서 다시 오지 않을 순간이라 생각할 만큼 행복했다. 그랬으니 그걸로도 이미 충분한데, 요리를 제대로 할 줄 안다는 것은 삶의 질을 완전히 바꾸어놓기까지 했다. 때마침 요리 잘하는 남자가 주목받는 시대가 온 건 행운이다.

프랑스 요리학교라고 하면 첫날부터 무언가 대단한 것을 배울 것 같지만, 처음 배우는 것은 의외로 정리정돈이다. 항상 재료를 손질하고 나면 뒷정리를 하고 바로 설거지를 한다. 요리하는 시간보다 정리하는 시간이 더 길다. 내가 이러려고 여기까지 왔나 자괴감이 들 때까지 한다.

그런데, 그게 바로 요리의 기본이다. 요리를 정식으로 배우기 전 집에서 혼자 할 때는, 한번 요리하고 나면 주방이 난장판이 됐다. 어디서부터 수습해야 하나 막막함에 압도되기까지 했다. 그러나 이제는 과정 하나하나마다 정리가 습관이 되어 요리가 끝나면 주방은 애초에 아무 일도 없었던 것처럼 깨끗한 상태가 된다. 그래서 주변 사람들이 "자취하면서 혼자 해 먹는 거 힘들지 않아? 난 요리하는 건 재밌는데 설거지하는 건 싫더라."라고 말하면 "설거지까지 포함해야 요리지."라고 너스레를 떨기도 한다.

TV에서 셰프들이 요리하는 모습을 보면 화려한 칼질과 현란한 불 쇼는 필수인 것처럼 보인다. 아무래도 시각적으로 시청자들의 시선을 빼앗는 무엇이 있어야 해서겠지. 하지만 프랑스 요리학교에서 그랬

다간 등짝 스매싱을 맞기 일쑤다. 소리가 날 정도로 칼질을 하면 도마가 다 상한다. 프랑스 요리는 굉장히 정갈하고 정교한데, 그런 것을 어기고 칼질을 험하게 했다가는 "니가 제이미 올리버냐?"라는 핀잔을 듣는다. 제이미 올리버는 TV 프로그램에 출연하여 대중적인 인기를 얻은 영국의 유명 요리사지만 프랑스 주방에서 이 말은 가장 모욕적인 농담 중 하나다. 음식에 불을 내는 일도 어쩌다 가볍게 비린내만 살짝 날리는 수준에서 그칠 뿐이다. 유심히 보지 않으면 아예 보이지 않을 정도다. 요즘 주방들은 가스 화구 대신 인덕션을 쓰는 것이 추세인 만큼 학교에서도 인덕션을 썼다. 그렇다 보니 요리하는 과정 전체가 하나의 우아한 춤 같을 때도 많았다.

프랑스에서의 일상은 단조로운 일정의 반복이었다. 아침 6시 기상, 씻고 준비해서 7시에는 집을 나선다. 7시 20분 버스를 타고 7시 45분에 학교 도착. 곧바로 조리복으로 갈아입고 학생 식당으로 간다. 매일 아침 같은 식사를 한다. 바게트, 크루아상, 팽 오 쇼콜라 등의 빵들과 오렌지 주스, 커피, 핫초코, 홍차 등이 제공된다. 아침을 먹으며 친구들과 담소를 나누다가 8시 15분이 되면 강의실로 간다. 셰프님의 시연을 보고 따라 하기를 반복. 그러다가 1시 전후에 점심을 먹는다. 점심은 매일 다른 음식을 뷔페식으로 먹는다. 다양한 인종이 섞여 있으니 어떤 날은 카레가, 어떤 날은 베트남 음식이 나오기도 한다. 물론 그런 것들은 특식이고 대개는 프랑스 음식을 먹는다. 만들다 금이 가거나 해서 팔 수 없는 마카롱, 실패한 케이크의 일부 조각 등이 후식으로 나오는데, 맛에는 아무런 지장이 없다. 간혹 일반인이 와서 돈을 내고 먹기도 한다. 그 당시 3.5유로, 우리 돈으로 약 5,000원 정도였으니 아마 프랑스 최고의 가성비 식당이 아니었을까.

식사 후 커피도 좀 마시고 하다 보면 2시부터 오후 수업이 시작된다. 그러다 4시가 되면 간식을 먹으며 쉬는 시간(la pause du gourmand)을 갖는다. 이는 프랑스의 대표적인 문화 중 하나로, 이른바 당 떨어진다고 말할 때쯤 당을 보충해주는 시간을 공식적으로 갖는 것이다. 많은 프랑스 요리학교들이 크게 요리(Cuisine)와 제과(Pâtisserie)로 나누어 학급을 운영

하는데, 우리 학교도 마찬가지여서 제과반에서 실습하여 만든 디저트가 항상 차고 넘쳤다. 완성된 디저트는 셰프님이 냉동 보관했다가 4시에 내어주었다. 그래서 매일매일 다른 디저트를 맛볼 수 있었다. 학교라는 특성상, 이윤에 대한 걱정 없이 가능한 한 좋은 재료로 만들며 배우니 입맛이 높아지는 건 어쩔 수 없었다. 시중에서 사 먹는 디저트의 유희가 줄어든다는 유쾌한 부작용이 동반되었다.

그렇게 30분 정도 휴식. 또다시 수업을 듣는다. 6시쯤 수업이 모두 마치면 버스를 타고 시내로 간다. 상점들이 일찍 닫기 때문에 살 것이 있으면 얼른 사야 한다. 약속이 있으면 친구랑 저녁을 먹고 아니면 혼자 와인바에서 한잔하며 안주를 조금 집어 먹은 뒤 집으로 돌아간다. 씻고 그날 배운 레시피들을 정리하다가 잠든다.

처음 파리에 왔을 때는 매일 밤 반짝이는 에펠탑을 바라보며 너무 황홀하다며 감격했지만, 본격적으로 학교에 다니자 한국에서 프랑스로 장소만 바뀌었을 뿐, 고단한 일상은 그대로였다.

세상에, 내가 이걸 해내네

졸업 시험은 두 번에 걸쳐 치러졌다.

첫 시험은 전식(entrée), 본식(plat), 후식(dessert)으로 이어지는 3코스 요리를 내놓는 개인 시험이었는데, 이때 2등을 했다. 의대 다니다 온 애가 평생 요리만 해온 애들보다 성적이 높다고 놀라는 사람들이 있었는데, 사실 나는 별로 놀랍지 않았다. 그동안 얼마나 많은 프렌치 레스토랑들을 다녔던가. 어떤 맛을 내야 하는지 알고 있었으므로, 이를테면 답을 먼저 알고 문제를 푸는 느낌이었다. 의외로 많은 요리사가 음식을 만들면서 그게 무슨 맛이어야 하는지 잘 모른다. 그래서 무엇이 부족한지, 지금 간이 맞는지를 스스로 확신하지 못한다. 하지만 나는 자신 있었다. 내가 아는 맛은 미슐랭 스타 레스토랑의 맛이니까! 그게 맞겠지, 그러니까 미슐랭 가이드에서 별을 받았겠지! 기술적으로는 손도 느리고 현란함이라곤 하나도 없었지만, 최종 결과물만큼은 늘 부끄럽지 않게 내놓았다.

마지막 시험은 한입 요리(amuse bouche), 전식, 본식으로 이어지는 3코스를 준비하는데 두 명이 짝을 이루고 호흡을 맞춰 결과물을 내야 했다. 최종 시험 점수는 최우수(excellent), 우수(très bien), 양호(bien) 세 가지 등급으로 매겨지는데, 출석만 잘했어도 세 번째 등급이며, 보통 두 번째 등급을 많이 받는다.

완전히 요리사로 전향할 생각도 없었고 그저 배우는 데 의의를 두고 왔던지라 큰 욕심은 없었다. 뭐 높은 등급을 받으면 기분이야 좋긴 하겠지만, 그게 나한테 무슨 의미가 있겠나. 돈은 이미 다 냈으니 최소한 졸업은 시켜주겠지…. 시험 일정이 발표된 이후에도 나는 친구들과 매일 저녁 와인을 마시며 낭만이 흐르는 파리 생활을 만끽했다. 함께 시험을 치를 짝꿍으로 선정된 이는 공교롭게도 내 룸메이트였는데, 기분 좋게 취해서 집에 들어간 어느 날 밤, 그가 웃음기를 싹 지우고 내게 말했다.

"형, 나는 최우수 욕심나. 나는 한국 돌아가면 레스토랑 차릴 건데, 벽에 자랑스럽게 걸어두고 싶단 말이야. 형 요리 잘하잖아. 지난번에 2등 했잖아. 나 형만 믿고 있는데 형 이렇게 시험 준비 안 하고 맨날 와인 마시고 들어오면 어떡해."

처음에는 속으로 '최우수건 우수건 그냥 음식이 맛있으면 그만이지.'라고 생각했지만, 원래 사람이란 자기중심적으로 생각하는 법이니까. 머리를 자르든 염색하든 가르마를 반대로 타든, 사람들이 전혀 못 알아보고 자기만 신경 쓴다 해도 어쨌든 본인에게는 그게 계속 보이는 법이니까. 그날 이후로 매일 수업이 끝나면 카페에서 마주 앉아 졸업 시험 때 낼 요리 레시피를 정리했다. 미장을 어디까지 해둘 것인지, 코스 순서에 맞추어 누가 무엇을 맡고, 어떤 타이밍에 음식을 어떻게 낼 것인지 가상의 동선을 짜고 시뮬레이션을 끊임없이 반복했다.

졸업 시험이 끝나고 평가가 모두 이뤄지면 바로 졸업식이 거행된다. 한 명씩 호명하며 등급을 외치고 졸업 증서를 안겨준다. 그런데 셰프님이 시험 규정을 설명할 때 분명히 제대로 이해했다고 생각했는데, 한 가지 큰 실수를 했다. 미장을 해두면 안 되는 재료라고 잘못 알아듣고 아티초크를 하나도 손질하지 않은 채 내버려둔 것이다. 그게 발목을 잡아 음식과 음식 사이의 시간이 길어졌다.

'젠장, 한 번만 더 확인할걸. 내 프랑스어 실력은 왜 이 모양이야? 어려운 표현도 아니었는데 왜 못 알아듣고 이런 실수를 한 거야? 그것만 아니었으면 최우수도 노려볼 만했는데….' 자꾸만 자책하며 허벅지를 꼬집고 있는데, 그 순간 내 이름이 불렸다.

"재호! 엑셀랑! 네 비둘기 요리의 퀴송은 완벽했다."

'퀴송이 완벽하다.'는 표현은 프랑스 요리에서는 최고의 찬사에 가깝다. 퀴송(Cuisson)은 한 단어로 직역하기에는 다소 종합적인 의미를 내포하는 것으로, 적절한 익힘, 정확한 간, 칼로 썰 때 보이는 고깃결의 모양, 입안에 넣어 씹었을 때의 식감 등을 모두 아우른다.

'세상에, 내가 이걸 해내네. 와….'

나는 함박웃음을 지으며 단상으로 뛰어 올라갔다. 그리고 같이 요리한 친구가 한국에 돌아와 오픈한 레스토랑 벽면에는 그날 받은 졸업 증서가 자랑스럽게 걸려 있다. 씨익.

그렇게 하루가 시작된다

아침 6시. 요란하게 울려대는 알람 소리와 밥 달라고 귀에다 대고 야옹야옹 우는 고양이 소리에 잠을 깬다. 오늘은 7시 20분 회진이니까, 7시에 집에서 출발하면 되고, 딱 한 시간 남았네. 오늘 하루도 힘내보자. 빈 고양이 밥그릇을 한번 닦고는 사료를 채워준다. 밤사이 줄어든 물그릇도 새로이 바꿔준다.

그러고는 180도에 맞춰둔 오븐을 켠다. 전기 주전자에 물을 담고 전원을 켠다. 오늘은 어떤 커피를 마실까. 기분이 좀 상큼해지게 산미가 도드라지는 원두를 내려볼까. 얼마 전까지만 해도 나는 아날로그를 즐기는 사람이라며 수동 그라인더로 매일 아침 원두를 갈아 마셨지만, 강하게 볶지 않은 원두는 너무 많은 힘이 필요했다. 편의성에 무릎을 꿇고 자동 그라인더를 샀다. 역시나 너무 편하다. 25g의 원두를 넣고 버튼만 누르면 내가 원하는 굵기로 한 번에 좌르르 갈려 나온다. 드리퍼에 종이필터를 끼우고 원두를 담는다.

그사이 다 끓은 물을 드립 전용 주전자에 담는다. 핸드드립은 뜸을 잘 들여야 한다. 물을 과하게 부어 필터를 통과해 의미 없이 떨어져도 안 되고, 너무 적게 부어 여과지 위의 원두를 충분히 다 적시지 못해도 안 된다. 딱 알맞은 적정량이 중요하다. 매일 아침 오늘 하루의 무사를 기원하는 마음을 가득 담아 하나의 의식처럼 행한다. 밤새 뻗친 까치집 머리에 다 늘어난 내의와 팬티만 입고 있지만 괜찮다. 나, 혼자 산다.

뜸을 들이는 동안 냉동실에서 재빠르게 바게트를 꺼낸다. 썰어둔 바게트를 철판에 올리고 엑스트라버진 올리브유를 뿌린다. 알맞게 달궈진 오븐에 바게트를 넣는다. 다시 돌아서면 뜸이 다 든 커피가 보인다. 자, 이제 추출을 시작한다. 정갈하게 자세를 잡고 가운데부터 쪼르르 물을 붓는다. 봉긋하게 커피가 부풀어 오르면 시계 방향으로 원을 점차 크게 그려나가며 커피를 추출한다. 아주 가는 물줄기로 추출하는 1차 추출이 끝나면 중간 굵기의 2차 추출을 시작한다. 2차 추출이 끝나면 이제는 냅다 들이붓는 3차 추출이 남는다. 예전에 커피를 배울 때 선생님은 2차 추출까지만 하고 뜨거운 물을 섞어 농도를 맞추라고 하셨지만, 언젠가 서점에서 책을 보니 이렇게 하라 하기도 하더라. 스타일을 바꾸는 건 내 맘이다. 원하는 정도까지 커피가 추출되면 얼른 드리퍼를 개수대로 옮긴다. 물이 다 빠지면 종이필터째로 쓰레기통에 버린다.

오븐에서는 오일이 자글자글 끓고 있다. 장갑을 끼고 철판을 꺼낸다. 따끈한 바게트에 이즈니 버터를 큼지막하게 썰어 올리고 아껴두었던 프랑스산 고급 소금 플뢰르 드 셀을 살짝 뿌린다. 통째로 크게 베어 물고 커피를 홀짝이면 지금 이 순간만큼은 이곳이 파리다. 이게 바로 프랑스식 아침… 아니다. 개소리다. 파리에서는 에스프레소를 마셨다. 설탕 한 스틱 넣고 세 번 휘휘 저어서는 쌉쌀한 첫 모금, 진득한 두 모금, 달큼한 마지막 모금. 막 이렇게 허세를 떨어가면서.

커피는 밥과 같아서 생두일 때는 쌀처럼 장기 보관해도 되지만, 원두는 최대한 신선할 때 소비하는 것이 좋다. 개인적으로는 볶은 지 1주일 이내의 것을 30일 안에 소비하려 노력한다. 갓 볶았을 때는 가스가 많이 분출되기 때문에 1주일쯤 지나야 상태가 안정되고, 한 달이 넘어가면 고유의 향과 맛이 날아가고 산패되기 시작한다. 절대로 분쇄된 원두는 사지 말아야 하는 것이 분쇄되는 순간 원두의 산패속도가 기하급수적으로 빨라지기 때문이다.

그래서 나는 보통 한 달 주기로 원두를 산다. 이게 루틴이 되면 그리 번거로운 일이 아니게 된다. 오히려 이번 달은 어느 카페에서 원두를 사볼까, 어느 지역의 원두를 마셔볼까 고르는 재미가 새로이 생긴다. 가급적이면 카페에 직접 가서 향을 맡아보거나 시음용 커피를 마셔보고 고르려고 하지만, 최근에는 솔직히 인터넷으로 종종 샀다. 아아, 클릭의 노예가 되어간다. 하여튼 우리나라는 택배 시스템이 너무 잘돼 있다. 오늘 주문하면 내일 오는 게 이렇게나 당연한 세상이라니!

하지만 바게트만은 인터넷으로 사지 않는다. 잘 구워진 바게트인지 아닌지는 썰었을 때의 단면을 봐야 판단할 수 있기 때문이다. 단면이 너무 촘촘하면 그런 걸 바게트라고 불러도 되는지 의문스럽다. 공기 구멍이 제멋대로 커져 있으면 과발효된 것이다.

적당히 동글동글 크고 작고 불규칙하면 효모가 숨을 아주 잘 쉬었구나 싶은 것, 그러면서도 겉은 노릇노릇 바싹하게 구워진 것을 고르면 된다. 몇 번의 실패를 거쳐 이제는 믿고 가는 빵집들이 몇 군데 생겼고, 시내에 나갈 때마다 사서는 냉동실에 보관해두고 야금야금 꺼내 먹는다.

예전만 해도 프랑스인들은 당연히 매일매일 갓 구운 바게트를 사 먹는 줄 알았다. 그래서 처음 파리에 갔을 때는 새벽부터 빵집에 가서 스멀스멀 새어 나오는 고소한 빵 냄새를 맡으며 흐뭇하게 기다렸다가 따끈따끈 갓 나온 바게트를 사서 바로 베어 물곤 했다. 바사삭거리면서도 쫄깃하게 씹히는 그 맛이 아주 일품이었다. 하지만 사람 사는 곳은 다 똑같다. 그들도 바빠서 바게트를 냉동실에 쟁여놨다가 먹기 전에 꺼내서 오븐에 구워 먹더란 것이다.

아침부터 버터 가득 올린 바게트와 함께 진한 커피를 내려 마시고 나면 머리는 맑아지고, 위는 든든해지고, 장은 묵직한 무언가가 나올 준비가 됐다는 신호를 보낸다. 그러면 괄약근에 힘을 꽉 주고 발

을 동동 구르며 고양이 화장실을 빠르게 청소해주고
는 나의 화장실로 달려간다. 그렇게 나의 하루가 시
작된다.

단 한 번도 어긴 적 없는 일

요리학교 졸업 후 지금까지 단 한 번도 어긴 적 없는 철칙 중 하나는 육수만큼은 절대 시판 제품을 사지 않고 직접 뽑아 쓴다는 것이다. 학교에서는 매일매일 그날의 육수를 뽑는다. 보통 닭을 기본으로 하는데, 그날 손질하고 남은 닭, 메추리, 비둘기 등의 뼈와 살을 죄다 육수통에 던져 넣기에 그냥 가금류 육수라고 부른다.

그곳에서 나는 요리할 때 화학 첨가물을 일절 쓰지 않고 맛을 내는 법을 배웠다. 인공 조미료가 몸에 좋나 안 좋나 뭐 그런 논란을 말하려는 것이 아니다. 다만, 식재료를 직접 손질하고 그 맛이 그대로 음식에 녹아 나오는 것을 온전히 느끼는 기쁨을 누리려는 것이다.

자취 요리를 시작하면서 처음엔 학교에서 배운 채소 육수도 뽑아보고 소뼈 육수도 뽑아보곤 했는데, 지금은 오로지 닭 육수만 뽑는다. 마트에 가면 백숙용으로 나오는 1.1kg짜리 동물복지 닭이 있다. 보통 한 마리에 할인하면 6,000원대, 정가로는 8,000원대에 판다. 어지간하면 할인할 때 산다. 닭은 한번 깨끗하게 씻고는 키친타월로 물기를 잘 제거한다. 그러고는 조심스레 도마에 올리고 '집도'에 들어간다.

먼저 다리의 관절 쪽에 칼집을 넣는다. 뒤로 뒤집어 빠드득 힘주어 다리를 몸통에서 분리해내는데, 이때 아주 묘한 쾌감이 든다. 그다음엔 가슴살을 가슴뼈 따라 칼로 긋는다. 잘하면 예쁘게 물방울 모양으로 도려낼 수 있는데, 그럴 때는 '나 아직 죽지 않았어, 나 이래 봬도 프랑스 요리학교 최고 등급으로 졸업한 사람이라니까?'라며 어깨를 한번 으쓱해준다. 목은 댕강 자른다. 항문 쪽은 냄새가 나므로 잘라서 버린다. 날개와 다리의 관절 마디마디마다 칼집을 넣어 끊어내고 분리해낸다. 이 칼만 있으면 강도가 들어도 무섭지 않겠어. 나는 지금 시방 조폭들도 함부로 못 건드린다는 마장동 축산 시장의 상인이여. 말도 안 되는 자신감이 넘친다. 비린내가 나지 않도록 몸통뼈 사이마다 손가락을 집어넣어 내장을 다 후벼 파내준다.

뭐 이렇게 열심히 발골해봐야 결국엔 다 적당히 썰어서 통에 넣고 팔팔 끓여댈 거니 실은 하등 의미

없는 동작들이지만 발골법을 잊고 싶지 않다는 최소한의 발악쯤 되시겠다.

자, 이제 월계수잎, 정향, 팔각, 카다몬, 후추 등 향 낼 것을 같이 넣는다. 보통 네 시간 정도 우려낸다. 그러곤 잘 식히고 걸러서 조각 얼음통에 넣어 냉동 보관. 끝.

나는 물을 넣어 졸이는 요리를 하거나, 파스타 면을 삶을 때, 심지어는 떡볶이를 만들 때도 물 대신 닭 육수를 넣는다. 그러면 어딘가 2% 비어 있는 맛을 닭 육수가 딱 채워준달까. 이렇게 한번 만들어놓으면 때에 따라 다르지만 보통 한 달 정도 쓴다. 한 달에 한 번씩, 이렇게 집 안 벽지 구석구석까지 닭 냄새가 배어든다. 그러면 혼자 사는 집인데도 온기가 가득 차고 다가올 한 달이 두렵지 않아진다. 어떤 음식이든 감칠맛 나게 만드는 최고의 요리 비법이자 모든 요리의 기본 중의 기본, 그건 바로 육수다.

사랑을 잃고 양파를 볶았다

한때 만났던 사람이 이병률 시인을 참 좋아했다. 어느 날, 그분의 신작 에세이가 새로 나왔다며 읽어보라고 예쁘게 포장해 내게 건넨 적이 있었다. 민트색 표지의 『바람이 분다 당신이 좋다』였다. 나는 좋아하는 사람에게 쉽게 물들고 마는 편이다. 내가 쓰는 언어나 행동, 취향 하나하나에는 나를 스쳐간 사람들의 흔적들이 군데군데 묻어 있다. 좋아하는 사람이 생기면 책을 선물하는 건 그녀에게 배운 일이다.

그녀가 선물해준 책에 "사랑을 잃고 양파를 볶다가 그렇게 짐을 싼 적이 있다."라는 문장이 있었다. 그때는 그게 무슨 의미인지 전혀 이해할 수 없었다. 사랑을 잃고 왜 하필 양파를 볶을까, 그러다 짐은 또 왜 쌀까. 그런데 이상하게 그 문장이 계속 입가에 맴돌았다.

사소한 것에도 의미를 붙이던 날들이 있었다. 함께 저녁으로 스시를 먹으러 간 어느 날, 서로 고추냉이에 손도 대지 않는 모습에 이런 사람은 처음이라며, 남들은 모두 나에게 이상하다고 했지만 나만 그런 게 아니었다며, 우리는 인연이라고 믿었다. 그러나 우리의 마지막 날, 그녀는 방어를 먹으며 고추냉이를 간장에 풀었다. 기름져서 그런가, 알싸하게 먹고 싶네. 아까보다 한결 낫다. 너도 한번 풀어봐. 참, 직장 동료들이랑 스시 먹으러 갔는데 간장에 고추냉이 안 푸는 사람 거기도 있더라. 세상에는 스시를 먹을 때 고추냉이를 푸는 사람과 풀지 않는 사람이 있을 뿐이었다.

집으로 돌아오는데, 그때 그 문장이 마음속에 다시 떠올라 그길로 양파 2kg을 샀다. 양파 카라멜리제를 만들기 위해서다. 양파를 아주 얇게 채썰고 올리브유를 두른 프라이팬에 얇게 편다. 소금을 살짝 뿌려 수분이 더 빨리 빠져나오게 한다. 이 과정은 처음부터 끝까지 약한 불에 아주 천천히, 뭉근히, 색이 나지 않도록 해야 한다. 그래야 타지 않고 양파의 깊은 풍미를 정점까지 끌어올릴 수 있다. 양파 2kg을 조금씩조금씩 볶고 볶아 카라멜리제 만드는 일은 최소 두 시간 이상이 걸린다. 아주 단순한 동작을 계속 반복해야 하는데, 시간이 참 잘 간다. 마음이 어지러울 때 하기에 이만한 게 없다.

　양파를 썰 때는 어쩔 수 없이 눈물이 맺히는데 그냥 그대로 두면 된다. 이는 양파가 시키는 일이지 나의 소관이 아니다. 양파 카라멜리제를 마무리할 때는 도수 높은 술이 필요하다. 화이트와인을 쓰는 사람도 있지만 나는 '마티니'라는 상표로 알려진 베르무트를 즐겨 쓴다. 이때 한 잔을 따라 마신다. 힘들어서가 아니라 술 상태가 괜찮은지를 봐야 해서다. 애써 공들여 볶았는데 술맛이 이상해서 결과물을 망치면 안 되니까.

　양파 카라멜리제의 마지막 순서는 일부러 팬에 가만히 오래 두는 것이다. 그러면 양파가 팬에 붙어 갈색이 된다. 이 때문에 코팅 팬은 절대 쓰면 안 된다. 긁다가 코팅이 벗겨질 수 있다. 동팬이 제일 좋지만 가정집에 동팬이 있을 리가. 그냥 스테인리스 팬에다 한다. 갈색이 묻어날 만큼 두지만 거뭇하게 타기 전에는 떼야 한다. 전체 과정 중 가장 집중해야 하는 시간이다. 팬 바닥에 갈색으로 눌어붙은 부분에 술을 조금씩 부어 긁어낸다. 이를 쉬크(suc)라고 부르는데, 풍미를 가장 많이 품고 있는 엑기스다. 곱

창이나 닭갈비를 먹고 밥을 볶으면 바닥에 눌어붙은 부분이 제일 맛있는 것과 같은 이치다. 이것을 얼마나 많이 잘 뽑아내느냐가 최종 맛을 좌지우지한다. 이 과정을 반복하다 보면 양파는 완전한 캐러멜색이 된다.

잘 볶은 양파 카라멜리제는 단맛을 내야 하는 여러 요리에 두루두루 쓸 수 있으니 한 번 대량으로 잘 볶아서 얼려두면 유용하게 쓸 수 있다. 이를테면 순두부찌개에 한 숟가락 넣어도 맛의 깊이를 한껏 더해주고, 불고기에 넣고 볶아주면 고급 호텔 레스토랑 불고기 저리 가라 할 맛이 난다.

프랑스 요리에서는 양파 수프를 만들 때 대표적으로 쓰인다. 잘 볶은 양파 카라멜리제에 닭 육수를 적당히 부어서 한소끔 끓인 후 맛을 보며 소금 간을 한다. 바게트를 두 조각 넣고 그뤼에르 치즈를 듬뿍 갈아 넣는다. 그런 뒤 오븐에서 치즈가 다 녹을 정도로 잠시 가열하면 아주 맛있는 양파 수프가 된다. 오븐만으로 충분히 색이 나지 않는다면 토치로 살짝 그을려주어도 좋다. 정석은 닭 육수가 아니라 소뼈 육수를 쓰는 것이다. 조금이라도 고기 향을 내고 싶다면 양파를 볶을 때 베이컨을 조각내어 같이 볶아주면 좋다. 베이컨에서 나온 돼지기름이 수프에 들어가 좀 더 깊고 풍부한 양파 수프가 된다. 이는 실제 파리에 있는 유명한 미슐랭 1스타 비스트로인 '브누아'의 조리법이기도 하다.

양파를 멍하니 볶다가 깨닫는다. 무엇 때문에 헤어졌든 우리의 인연이 여기까지였다는 걸. 거절을 당하는 순간에는 모른다. 어떠한 이유를 말해도 그저 붙잡고 싶으니, "내가 잘할게, 그 점은 내가 고치도록 노력해볼게."라고 말하지만, 그런 말은 애초에 할 필요가 없다. "나는 바쁠 땐 무슨 일을 한다고 미리 말해줘서 기다리지 않도록 해주는 게 좋아."라고 말하던 사람이 연락이 드물어지고 점차 상대를 기다리게 하는 건 그냥 마음이 떠나간 거다. 마음은 노력으로 어찌 되는 것이 아니다. 오히려 애써 하는 노력은 상대를 더 멀어지게만 할 뿐이다.

관계를 끝내는 와중에 굳이 서로에게 잔인한 진실은 말하지 않는다. 그러니 애써 좋게 매듭짓는

다. 잠시라도 마음을 흔들어준 것이 고마울 따름이
니까. 마음에는 잘못이 없으니 누구도 사과하지 않
아도 된다.

정말 괜찮으시겠어요?

대체로 우리나라 남자들은 양식에 별로 관심이 없다. 양식을 좀 즐기는 편이라 해도 샐러드를 식당에서 주문하는 일은 정말 드물다. 오죽하면 남성 밴드 소란은 〈리코타 치즈 샐러드〉라는 노래를 만들어 불렀을까.

나 역시 풀떼기를 왜 밖에서 돈 주고 사 먹어야 하는지 이해 못하던 시절이 있었다. 언젠가 갔던 한 식당이 아직도 기억난다. 메뉴명을 아무리 읽어도 이게 뭔지 모르겠더라. 샐러드를 선택해야만 하는 코스 메뉴였고 그 선택지는 '시저 샐러드'와 '카프레제 샐러드'였다. 친구도 나도 그 둘의 차이를 몰라 나눠 먹기로 하고 하나씩을 골랐는데, 종업원이 주춤주춤 망설이며 시저 샐러드 정말 괜찮으시겠냐고 물었다. 수많은 손님의 컴플레인에 의한 학습된 반응이었을까?

괜찮다고 답했는데 그게 화근이었다. 로메인이 통째로 나왔다. 그 모습에 3초간은 그대로 얼어버렸다. '젠장, 뭐야? 이건. 이게 요리야?' 속으로 구시렁대며 조금씩 잘라 먹어보았지만, 입에 영 맞지 않았다. 반 이상 그대로 남겼다.

그랬던 시저 샐러드를 요리학교에서 다시 만났다. 그곳에서는 리츠 호텔의 창업주인 세자르 리츠가 내놓은 샐러드여서 시저(프랑스식으로 발음하면 '세자르'가 된다.) 샐러드라 부른다고 배웠다. 그런데 네이버에 찾아보니 시저 칼디니라는 이탈리아계 미국인 요리사가 미국의 독립기념일날 레스토랑에 손님이 한꺼번에 밀려들자 주방에 남은 재료를 모아 즉흥적으로 만든 샐러드가 시저 샐러드란다. 어휴, 하여간 프랑스인들의 만물 프랑스 기원설이란!

시저 샐러드의 핵심은 시저 드레싱이다. 볼에 달걀노른자와 머스터드를 담고 소금과 후추로 간을 한 뒤 거품기로 잘 섞는다. 그런 다음 올리브유를 아주 조금씩 넣어주며 또다시 잘 섞는다. 어느 정도 뻑뻑해지면 와인 비네거를 살짝 넣어 풀어준다. 이것이 수제 마요네즈다. 여기에다가 파르미지아노 레지아노 치즈를 갈아서 넣고 닭 육수를 첨가해 잘 젓는다. 그러면 마침내 시저 드레싱이 된다. 로메인을 포함한 다양한 채소들을 접시에 담고 이 드레싱을 뿌리면 시저 샐러드 완성.

아이러니하게도 요즘 가장 즐겨 먹는 샐러드가 바로 이 시저 샐러드다. 처음엔 그렇게 이상하더니만, 익숙해지고 나니 이제는 너무 맛있다. 자꾸만 찾게 된다. 그래, 사람 입맛이 이렇게 계속 변하는 거지. 평양냉면을 처음 접한 사람들이 "에이, 밍밍해. 이런 걸 왜 이 비싼 돈 주고 사 먹는 거야?"라고 묻고는 집으로 돌아가는 길에 '근데, 왜 자꾸 생각나지? 한 번 더 먹어볼까?'라는 생각을 하는 것처럼, 내게는 시저 샐러드가 딱 그런 음식이다.

인스타그램에 올리기 위해 예쁘게 담아 먹을 때도 있지만 편하게 먹을 때는 양푼비빔밥처럼 커다란 볼에 적당히 썬 로메인을 넣고 시저 드레싱을 뿌려 마구 버무려 먹는다. 이렇게 로메인만 넣어 먹어도 맛있고 닭가슴살을 같이 넣어 먹어도 괜찮다. 여기에 발사믹 비네거를 살짝 더하면 그 궁합이 꽤 훌륭하다.

최근 친구가 홈 파티를 열면서 전식 요리를 맡아서 해줄 수 있느냐고 물었다. 뭐 어려운 일이 아니니까 흔쾌히 수락하긴 했는데, 어떤 손님이 오는지 아무런 정보가 없었다. 그때 예전 기억이 떠올랐다. 요리를 잘 아는 사람이 오는지 아닌지 알 수가 없으니까, 이번에는 입장을 바꿔 내가 셰프가 되어 같은 메뉴로 손님을 상대해보고 싶어졌다. 그래서 준비한 것이 대저토마토로 만든 카프레제 샐러드와 유기농 로메인으로 만든 시저 샐러드.

일단 비교적 대중적이고 호불호가 갈리지 않는 카프레제 샐러드에 힘을 주었다. 대저토마토는 알이 작아 짭짤한 맛이 강한 것으로 골랐고 모차렐라 치즈는 특별히 물소 젖으로 만든 이탈리아산 부팔라로 준비했다. 신선한 바질을 구했고 올리브유는 엑스트라버진 올리브유 중에서도 최상급으로 준비했다. 이건 입에 넣었을 때 누구든 "와! 맛있어!"가 나올 수밖에 없는 메뉴다.

문제는 시저 샐러드. 반응이 어떨까? 그 옛날의 나처럼 한입 먹어보고 손을 놓으면 어쩌지. 약간의 걱정과 불안과 기대를 동시에 품으며 준비했다. 적당히 한입 크기로 잘라둔 로메인을 풍성하게 모양 잡고는 준비해 간 시저 드레싱을 뿌렸다. 뿌리면서 '맛있어야 할 텐데, 맛있어라, 부디 맛있어라.' 속으로 되뇌이며 "소스와 잘 비벼 드세요."라고 말했다. 그러고는 사람들의 손길이 어디로 가는지 계속 신경 쓰며 보았는데, 의외로 시저 샐러드가 많이 팔리는 게 아닌가. 준비한 음식을 사람들이 맛있게 먹는 모습은 왜 그리 기분이 좋던지. 반찬 남기면 속상해하시던 엄마의 마음이 이런 것이었을까.

그날 홈 파티에 참석했던 사람 중 한 사람과 대화 코드가 유독 잘 맞아서 특별히 가까워졌다. 아니, 실은 내가 자꾸 만나고 싶어서 만나자고 연락했다. 그러다 같이 한 레스토랑에 간 적이 있다.

"뭐 먹을래?"

"여기 시저 샐러드가 엄청 맛있어."

"시저 샐러드? 그날 내가 해줬잖아. 그건 어땠어?"

"맛있었어. 근데, 여기 시저 샐러드는 안초비도 넣어줘. 오빠 그날 안초비 안 넣었잖아."

"어? 그랬지. 안초비는 호불호가 좀 갈리는데. 너 안초비 먹어?"

"응, 나 완전 좋아하는데?"

아차! 그랬다. 내가 제일 처음 먹었던 그 시저 샐러드. 그날의 시저 샐러드에도 안초비가 들어 있었어! 처음 안초비를 접했을 때는 짜고 비리고 이걸 왜 먹는 거야 했는데, 그것도 먹다 보니 적응됐고 적응되니 자꾸만 찾게 됐다. 나에게 평양냉면 같은 음식은, 어쩌면 시저 샐러드가 아니라 안초비였을지도 모른다.

다음번에는 안초비를 넣어서 시저 샐러드를 만들어봐야겠다. 하이볼을 마시다 말고 "내가 너 좋아하는 거 알지?"라고 대수롭지 않은 척 말했다가 다시는 보지 못할 사이가 되어 네가 그걸 맛볼 일은 이제 없겠지만.

난 네가 편하길 원치 않아

우리나라에서 어지간한 음식에 밥이 빠질 수 없듯, 프랑스에서는 감자를 많이 먹는다. 밥이랑 비슷한 건 빵이 아니냐고들 생각하지만, 오히려 빵은 김치에 가깝다고 본다. 주문하지 않아도 늘 테이블 위에 올려져 있는 것. 먹어도 되고 안 먹어도 되는데 먹는다고 해서 따로 돈을 받지는 않는 것. 하지만 그 질이 떨어지면 식당 전체의 격이 떨어져 보이는 것. 그래서 주문을 해야지만 먹을 수 있는 감자야말로 우리나라의 밥과 동격이라 생각한다.

감자를 조리하는 방식에는 여러 가지가 있다. 흔히 프렌치프라이라고 알고 있는 튀기는 방법, 팬에다가 구워내는 방법 혹은 단순히 삶아서 으깨는 방법 등이 있다. 하지만 진짜 고급 프렌치 레스토랑에서는 감자를 삶고 고운 체에 한 번 걸러낸 후 버터를 가득 넣어 퓌레 형태로 만들어 낸다. 주로 육류에 곁들이는데, 농도를 잘 잡으면 예쁘게 플레이팅 하는 데에도 도움이 된다.

만드는 방법은 다음과 같다. 감자를 잘 씻은 후 굵은 소금을 한 주먹 넣은 찬물에 넣고 끓인다. 끓는

물이 아닌 찬물에서부터 넣고 끓여야 하는 이유는 감자의 전분을 최대한 제거하기 위해서다. 칼로 감자를 찔러보면 제대로 익었는지 안 익었는지 알 수 있다. 푹 들어가면 다 삶아진 것이다. 그때 건져서 뜨거운 상태에서 껍질을 하나하나 빠르게 벗긴다. 한번은 너무 뜨거워서 이렇게 물었다. "셰프님, 그냥 처음부터 껍질 벗기고 삶으면 안 돼요? 아니면 좀 식힌 다음에 벗기면요?"

그는 한쪽 입꼬리만 씨익 올린 채 나를 흘겨보며 대답했다. "아니, 난 네가 편하길 원치 않아. 너를 최대한 괴롭히고 싶어."

그때는 이 인간이 미쳤나 싶었는데, 훗날 〈백종원의 골목식당〉을 보다가 포방터 돈가스집 사장님이 하시는 말씀을 듣고 그 뜻을 헤아리게 됐다.

"내 몸이 피곤해야지, 내 몸이 고단해야지, 손님 입이 즐거워져요."

그렇다. 그렇게 해야지만 감자의 풍미가 최대한으로 끌어올려진다. 그뿐만 아니라 껍질을 벗기고 삶으면 몸에 좋은 영양분들이 물에 다 빠져나가버린다. 건강을 생각해서라도 감자는 껍질째 삶는 것이 올바른 방법이다. 뜨거운 상태에서 힘겹게 껍질을 벗긴 감자는 아주 촘촘한 체에 올려 스크래퍼로 꾹꾹 눌러준다. 매셔로 으깨면 아무리 열심히 으깨도 씹을 때 약간의 거친 맛이 입안에 남는다. 하지만 체에 거른 감자에는 식감을 방해하는 그 어떤 것도 남지 못한다. 부드러움의 끝판왕이 된다.

배운 그대로를 집에서도 항상 고집한다. 내가 돈이 없지, 실력이 없냐. 다 거른 감자는 작은 냄비에 넣고 센 불로 수분을 한껏 날려준다. 그다음 버터를 듬뿍, 아주 듬뿍 넣는다. 감자 퓌레로 유명한 조엘 로부숑의 미슐랭 레스토랑에서는 감자와 버터의 비율을 거의 1:1까지 맞추기도 한다고 한다. 맛을 보면서 소금과 후추, 넛메그 등을 첨가하는데 이때 후추는 백후추를 택하는 것이 좋다. 흑후추를 넣으면 잘 만든 퓌레에 괜히 중간중간 검은 이물질이 끼인 것처럼 보인다. 뭐, 집에서 혼자 먹을 때는 상관없는 일이지만. 농도가 너무 되직하면 우유를 넣어서 조절해준다. 이렇게 완성된 퓌레는 접시 한쪽에 툭 담은 후 숟가락으로 반원을 그려주면 꽤 그럴싸한 고급 요리 같아진다.

이러한 감자 퓌레는 아마 나뿐만 아니라 모든 프랑스 요리하는 이들이 본식에 일반적으로 포함하는 것 중의 하나일 것이다. 일단, 맛있다. 그리고 음… 저렴한 가격으로 먹는 이의 포만감에 크게 이바지한다. 고기만으로 충분히 배를 불리려면 재료비가 너무 많이 드니까. 나만 그런지 모르겠는데, 비싼 식재료로 고급스러운 요리를 하는 것보다 저렴한 식재료에 나의 노력을 더해 그 값어치를 높일 때 유독 보람을 느낀다.

이제 와 새삼스럽지만 고백할 일이 있다. 매형! 처음 우리집에 장가왔을 때, 그해 연말 파티에 제가 곁들임 요리로 감자 퓌레 만들어드렸던 거 기억해요? 형 맛있다고 엄청 드셨잖아요. 감자가 뭐 이렇게 맛있냐고, 살면서 먹어본 감자 중 제일 맛있다고 했잖아요. 거기 사실 버터 엄청 많이 넣었어요. 감자 반 버터 반이었달까. 형 버터 안 좋아하신댔는데 그

땐 제가 형 취향을 잘 몰랐죠.

근데 형, 어쩌면 형은 버터를 안 좋아하는 게 아닐지도 몰라요. 말 안 하고 매해 만들어드리는데 늘 잘 드시잖아요?

사줄 돈 있지만, 만들어줄게

지금은 생각만 해도 이불을 걷어차게 되는 기억이 있다. 한때 사귀던 사람에게 스테이크 요리를 해준 적이 있는데, 맛있다며 환하게 웃는 모습이 예뻐 보여 자랑하고 싶었다. 그 모습을 찍어 인스타그램에 올린 것이다.

"사줄 돈 있지만, 만들어줄게."라는 오글거리는 멘트와 함께.

스테이크는 명실상부 대접의 상징이다. 소개팅 나가서 뭐 먹었어? 물어봤을 때 순댓국이라거나 곱창이라 답하면 예의 없다거나 소탈하다는 답이 돌아오기 일쑤다. 반면, 파스타 먹었다고 하면 무난한 선택이었다고들 한다.

그런데 스테이크라고 얘기하는 순간, 어머! 분위기 좋았어? 마음에 무척 들었나 봐? 라는 답이 돌아온다. 그 때문인지 많은 프렌치 레스토랑들이 추가 요금을 받고 메인 요리를 한우 스테이크로 바꿔준다. 하지만 이는 한우가 비싸기 때문만이 아니라 '제발 한우 주문하지 말아주세요.'라는 속뜻도 담겨 있다는 걸 아시는지.

한우가 나쁘다는 것이 아니다. 한우는 맛있다. 없어서 못 먹지. 요즘 친한 친구와 종종 직판장에 가서 한우를 먹으며 "우리, 한우를 언제든 마음껏 먹을 수 있는 그런 인생을 살자."라고 다짐하는 사람이 나인데 한우를 비판할 이유가 없다. 다만, 셰프의 재능을 보여주기엔 그 여지가 별로 없는 재료라는 것이다. '이베리코 룰라드'라는 시즌 메뉴 옆에 '한우 안심 스테이크(+30,000원)'라고 적혀 있다면 그 메뉴를 작성한 셰프의 속내는 모르긴 몰라도 다음과 같을 것이다.

'저는 이번 시즌 메뉴로 이베리코 룰라드를 야심차게 준비해보았답니다. 이베리코 돼지라고 아시나요? 스페인 이베리아반도에서 도토리만 먹고 자란 흑돼지인데요, 소고기 저리 가라 할 만큼 맛있답니다. 그냥 구우면 재미없으니까 저는 돌돌 말아서 모양을 내어보았어요. 이를 룰라드라고 합니다. 애써 준비했지만, 당신이 굳이 한우 스테이크를 드시겠다면 어쩔 수 없죠. 구워드리는 게 뭐 대수겠어요. 추가금을 내신다면야 기꺼이 바꿔드릴게요.'

기념일이라고 고급 레스토랑에 여자친구를 데려간 남자들이여. 잘 보이겠다고, 내 여자는 좋은 거 먹이겠다고, 구태여 추가금을 내면서까지 한우를 주문하지 말지어다. 셰프가 진짜 애써 준비한 메뉴는 추가금이 붙지 않는 그 반대편의 것일지니!

자, 그러면 밖에선 너무 비싼 스테이크, 집에서 비교적 저렴하고 맛있게 요리해 먹는 나만의 방법을 여기에 공개한다. 우선, 고기를 준비한다. 맛있기로는 50일 드라이에이징 숙성한 한우 등심 뭐 이런 게 끝판왕이겠지만, 가격도 끝판왕이다. 반성하자. 이번 달에 뭐 한다고 돈을 이리 많이 썼단 말인가. 카드 결제일이 언제였더라. 결국 손이 가는 것은 미국산 혹은 호주산 살치살이다. 즐겨 주문하는 마트에서 종종 반값 할인을 한다. 100g에 2,000원 대로, 200g을 주문하면 5,000원 대가 되고 칼같이 잘라주는 것이 아니므로 200g보다 조금 더 얹어준다. 250g쯤 배송이 오면 실실 웃음이 새어 나온다.

혹은 작정하고 티본 스테이크나 토마호크 스테이크 등을 검색하는 날도 있다. 이때도 미국산이나 호주산을 고른다. 뼈 무게를 참작해야 하니 평소 먹는 것보다 조금 더 많은 양을 고른다. 배송비가 붙는지를 살핀다. 단돈 1,000원에도 희비가 갈리는 것이 인터넷 쇼핑이다. 무료배송 금액을 채울 수 있다면 채운다. 그래, 이번 주는 제대로 고기 파티를 하는 거야.

다음은 무쇠팬을 준비한다. 이게 처음 길들이기가 힘들어서 많이 꺼리는데, 팬이 고기 굽기에 주는 영향은 생각보다 어마어마하게 크다. 기존에 코팅팬으로 요리하던 분들, 팬만 한번 바꿔보시라. 똑같은 조리법을 써도 어머, 집에서도 이렇게 겉바속촉(겉은 바삭하고 속은 촉촉한) 스테이크가 가능한 거였어? 하고 놀랄지 모른다.

고기는 냉장고에서 바로 꺼내 굽기보다는 상온에 잠시 두었다가 굽는 것이 좋다. 안 그러면 겉만 익고 속은 차가운 스테이크가 될 수도 있다. 키친타월로 물기를 앞뒤로 잘 제거해주고 소금 간을 한다. 이때 후추는 절대 뿌리지 않는다. 후추는 불에 금방 타버리므로 다 구운 후 마지막에 뿌려야 한다.

그럼 이제 팬을 불에 올린다. 팬이 달궈져 연기가 나면 올리브유를 두른다. 그러고는 고기를 살포시 올린다. 치이익 치이익. 세상 아름다운 소리가 난다. 요리학교에서 고기를 구울 때면 셰프님은 매번 이렇게 말했다.

"재호, 귀 기울여 들어, 너의 고기가 노래하고 있잖아!"

한쪽 면이 어느 정도 색이 나면 뒤집는다. 이렇게 갈색이 되는 것을 '마이야르' 반응이라고 부른다. 색이 잘 날수록 겉이 바삭하고 고소해진다. 반대쪽 면도 어느 정도 색이 나면 고기를 뒤집고 팬을 불에서 내린다. 무쇠팬 특성상 불에서 내려도 여전히 뜨겁기 때문에 고기는 계속 익는다. 이때 마늘과 로즈메리 혹은 타임 등의 허브, 그리고 버터를 넣는다. 팬을 살짝 기울인다. 숟가락으로 버터를 떠서 고기 위에 끼얹어주는 동작을 계속 반복한다. 이를 프랑스 조리용어로 '아로제'라고 한다. 향을 입힌다는 뜻이다.

양면으로 색이 잘 났으면 꺼내서 '레스팅'을 한다. 겉면 온도가 중심까지 잘 도달하고 육즙이 전체

적으로 고루 퍼지도록 시간을 주는 것이다. 보통 이때 곁들여 먹을 버섯, 아스파라거스 등을 얼른 굽는다. 고기에 온도계를 찔러보았을 때 55℃에서 60℃ 사이가 나오면 미디엄 레어라고 부르는데, 나는 이 굽기를 제일 좋아한다. 만약 터무니없이 온도가 낮으면 덜 익은 거니까 얼른 다시 불을 켜고 팬을 달궈야 할 것이며, 온도가 훌쩍 넘었다면 다음번엔 불에서 좀 더 빨리 내려야지 다짐하며 턱 근육에게 그 책임을 넘긴다. 요리는 과학인데, 실전은 감이다.

혈중 고기 농도가 떨어진 어느 날, 나만을 위한 스테이크 요리를 준비했다. 먼저, 콜리플라워와 대파로 퓌레를 만들었다. 곁들일 허브로는 소럴을 준비했고, 예쁜 미니당근까지 구웠다. 200g짜리 소고기 스테이크에 나머지 200g으로 쥬(jus)를 만들었다. 스테이크 굽는 것보다 이 쥬를 만드는 게 더 일이다. 고급 레스토랑에서 스테이크 위에 소스를 멋지게 부어주었다면 그것이 쥬였을 것이다. 소고기에 소금 간을 하고 마이야르 반응을 일으키며 굽는다. 버섯, 셀러리 등의 향미 채소들을 같이 넣어 볶고 또 볶는다. 그러면서 양파 볶을 때처럼 팬에 눌어붙은 갈색의 엑기스들을 높은 도수의 술로 계속 긁어준다. 더 하면 다 타버리겠다 싶을 때까지 반복한 후 닭 육수를 붓고 약한 불에 졸인다.

레스토랑에서는 이때 소 육수를 쓴다. 소고기와 채소만 볶는 게 아니라 소뼈도 가득 넣어 볶는다. 더 맛있는 건 당연하지만 시간이 오래 걸린다. 원래 인생은 A와 C 사이의 B다. 자취 요리이므로 거기까지는 욕심내지 않는다.

잘 졸이고 졸여서 걸러내면 딱 스테이크 하나에 곁들일 아주 적은 양의 소스가 만들어진다. 온갖 풍미와 감칠맛의 집합체이자 결정체! 멀리서 냄새만 맡아도 그 진한 향에 머리가 아찔해진다. 입안에 들어가면 소스가 쩌억쩌억 달라붙으면서 축제가 펼쳐진다. 그 맛을 한번 보고 나면 시중에서 파는 스테이크 소스는 거들떠보지도 않게 된다. 셰프들이 제일 속상해하는 것 중 하나가 그렇게 힘들게 만든 소스를 손님들이 남기는 일이다. 소고기는 어떻게든 다 먹으면서 말이지.

준비한 퓌레를 깔고 그 위에 스테이크를 올린다. 준비한 가니시들을 예쁘게 배열하고 허브를 사이사이에 끼워 넣는다. 마지막으로 소고기 쥬를 붓는다. 제대로 기분 내기 위해 식기류도 고급 레스토랑에서나 쓰는 프랑스산 '라기올'로 특별히 준비한다. 배경 음악은 내가 가장 좋아하는 샹송 가수인 카를라 브루니로 한다. 마지막으로 이런 요리에 와인이 빠지면 섭섭하지. 프랑스 부르고뉴산 피노 누아도 한 잔 따른다. 마침내 포크와 나이프를 들고 한입 썰어서 입에 딱 넣는 순간!

아…. 나 '쫌' 행복하다!

그런 제품은 쓰지 않습니다

파리에 처음 갔을 때는 어디가 맛집인지 알기 어려웠다. 프랑스어도 못했고 미슐랭 가이드가 뭔지도 몰랐다. 하지만 누구나 자기만의 시선에서 세상을 바라보기 마련. 커피를 한창 다루던 때였기에 길을 걷다가 열린 가게 문 사이로 커피 기계가 보이면 유심히 살펴봤다. 비싼 기계를 쓰는 곳이라면 요리도 분명 맛있지 않을까. 이렇다 할 연관성이 없을지 모르지만, 할 수 있는 최선의 추측이었다.

그러다 들어가게 된 한 식당에서 후식으로 크렘 브륄레를 먹었다. 딱딱한 캐러멜 층을 숟가락으로 톡톡 깨뜨려 커스터드 크림과 같이 떠먹는 디저트인데, 그 깨뜨리는 일이 이 디저트의 아주 특징적인 매력이다. 그때는 기준이 없었으니까 그냥 "맛있다." 만 연발했는데, 돌이켜 생각해보니 크림 층 곳곳에 바닐라빈이 콕콕 박혀 있고 캐러멜 층도 색이 아주 고르게 난, 꽤 완성도가 높은 크렘 브륄레였다. 그러고 보면 꽤 높은 승률의 이론이었는지도 모른다.

프랑스식 디저트는 크게 두 부류로 나눌 수 있다. 식당에서 내놓는 디저트와 디저트 전문점에서 파는 디저트. 후자는 흔히 '부티크 디저트'라고 하는데, 굉장히 예술적이고 정교하며 섬세하다. 이런 디저트는 제과를 전공한 파티시에들의 손에서 탄생한다. 레시피를 정확하게 따르지 않으면 원하는 결과물이 보장되지 않는다. 매우 까다롭다. 고급 레스토랑에서는 파티시에를 따로 고용하므로 이런 훌륭한 디저트를 내놓기도 한다. 반면 비스트로라고 부르는 일반 식당에서 내놓는 디저트는 약간의 오차 범위를 허용한다. 만들기도 다소 쉽다. 그래서 파티시에를 고용하는 대신 요리사들이 직접 만들곤 한다.

크렘 브륄레는 굳이 분류하자면 전자에 해당하겠다. 요즘에는 크렘 브륄레에 과일을 넣기도 하고, 향신료나 홍차, 심지어 푸아그라나 성게 알을 넣기도 한다. 하지만 클래식은 뭐니뭐니 해도 바닐라를 넣은 것이다. 바닐라 추출물을 쓰는 사람도 있지만 나는 그런 제품은 쓰지 않는다. 내 입에 들어가는 건데 왜 굳이 남의 손에 가공을 맡기지. 요리의 질은 얼마나 타협하지 않는가에 달렸다. 물론 모든 것을 다 직접 할 수는 없지만, 할 수 있는 것마저 하나둘 포기하기 시작하면 끝도 없이 포기하게 된다.

그래서 나는 진짜 바닐라를 사 와서 칼로 반 가른다. 갈라진 바닐라를 칼등으로 쓰윽쓰윽 긁으면 바닐라 빈이 한가득 나온다. 바닐라 껍질은 오븐에 잘 말려 설탕통에 넣고 흔들어준다. 그러면 바닐라 설탕이 된다. 일거양득이다. 우유와 생크림, 설탕을 한데 섞은 혼합물에 바닐라 빈을 넣고 약한 불에 올린다. 휘휘 젓다가 끓으려고 하면 불에서 내린다. 향이 더 우러나오도록 랩을 씌워서는 내버려둔다. 볼에 달걀노른자와 설탕을 넣고 가볍게 섞는다. 앞서 끓인 혼합물을 노른자가 익지 않게 볼에 조금씩 부어가며 거품기로 젓는다. 이렇게 완성된 크림이 커스터드 크림이다. 이를 냉장고에 보관하여 하루 숙성시킨 뒤 틀에 채워 오븐에 굽는다. 다 구워지면 꺼내 설탕을 한 숟갈 위에 뿌린다. 토치로 설탕을 골고루 잘 지져 딱딱한 캐러멜 층을 만들어 마무리한다.

　　크렘 브륄레를 만들 때 달걀노른자만 쓰므로 흰자가 그대로 남는다. 이 달걀흰자로 여러 가지를 할 수 있지만, 나는 머랭 쿠키를 주로 만든다. 흰자에 설탕을 넣어가며 거품기로 세게 젓는 것을 '머랭 친다.'라고 표현한다. 단단히 친 머랭을 짤주머니에 담아 예쁘게 짜서 굽는다. 그러면 그게 바로 머랭 쿠키다. 이토록 쉽게 완성되는 디저트라니. 레스토랑에서 디저트로 크렘 브륄레가 나온 후 커피에 한입 크기의 머랭 쿠키가 곁들여 나온다면 '크렘 브륄레 만들고 남은 달걀흰자를 이렇게 썼구나!'라고 생각하며 피식 웃어도 된다.

식품의약품안전처에서는 달걀 껍데기에 사육 환경번호를 표기하게 한다. 처음 네 개의 숫자가 산란 일자, 가운데 알파벳이 생산자 고유번호, 마지막 숫자가 사육환경번호다. 끝자리 숫자가 1이면 방사형, 2는 평사형, 3이면 개선 케이지, 4는 기존 케이지를 의미한다. 기존 케이지는 흔히 닭장이라 불리는 곳에 옴짝달싹 못하게 갇혀서 알만 낳는, 즉 효율성이 극대화된 형태를 말한다. 닭이 움직이지 못하니 스트레스를 심하게 받는다. 그래서 조금 움직일 수 있도록 그 평수를 넓혀준 것이 개선 케이지지만 이 역시 닭이 케이지를 벗어날 수 없다. 평사형은 케이지를 열어두어 닭이 자유롭게 뛰놀게 해주는 형태다. 그래서 닭들은 케이지형보다 훨씬 건강하고 스트레스도 덜 받는다. 방사형은 말 그대로 마음대로 풀어놓고 알아서 먹고 뛰어다니게 하는 것이다. 사육자가 주는 모이 말고 때로는 지렁이도 잡아먹곤 한다. 모이를 완전히 통제할 수 없다는 점은 유기농 반대론자들에게 좋은 먹잇감이 되기도 한다. 그래서 유기농이 항상 더 좋다고 주장할 수는 없다.

하지만 나는 오늘 먹을 달걀이 스트레스 좀 덜 받고 산 닭이 낳은 것이었으면 해서 가급적 1번, 적어도 2번이 적힌 달걀을 구매하려고 한다. 아무래도 식재료비가 좀 올라가긴 하는데, 혼자 먹어봐야 뭐 얼마나 먹겠나. 요즘 스몰 럭셔리가 대세라는데… 비싼 자동차, 가방 등을 사는 대신 식료품, 화장품 등에서 작은 사치를 부리는 일을 말한다.

만약 누군가를 우리 집에 초대해 크렘 브륄레를 만들게 된다면 메뉴판에 다음과 같이 표기해야지.

"자유 방목 유정란으로 만든 유기농 크렘 브륄레"

당신이 찾던 유능한 인재

스무 살이 되어 학교 밖으로 나오자 돈 나갈 구석이 무한대로 늘어났다. 점심 저녁 다 급식 먹고, 돈이라고 써봐야 기껏 매점에서 빵 좀 사 먹거나 분식집에서 떡볶이 사 먹는 일이 전부였던 학창 시절과 달리, 성인의 하루는 지출과 지출의 연속이었다. 밥 먹고 커피 마시고 영화관 가는 일 모두, 돈이 없으면 하나도 할 수 없었다. 부모님께 용돈을 올려달라고 하면 네가 뭐 한다고 돈이 더 필요하냐 하셨고, 밥 먹는 데 돈이 더 필요하다고 하면 집에 와서 먹으라셨다.

틀린 말은 아니었다. 외출 후 바로 집에 들어가면 돈 쓸 일이 없지. 하지만 그러기에는 세상이 너무 재밌었다. 아직 못 먹어본 음식들이 수두룩했고, 카페에는 수많은 종류의 커피가 존재했다. 그전에는 세상에 커피라고는 '레쓰비'와 '조지아'만 있는 줄로만 알았는데. 영화가 인기 없으면 극장에서 1주일 만에 내리는 세상이었다. 보고 싶은 게 있으면 얼른 봐야 했다. 그래서, 돈을 벌어야 했다. 아르바이트 모집 공고가 붙어 있는 곳은 죄다 찾아가보았지만 다들 이렇게 말하며 나를 거절했다.

"아르바이트 경험 있으세요? 저희는 경력자를 우대하거든요."

대체 사람들은 어떻게 일을 시작해서 그놈의 '경력자'가 되는 걸까. 열심히 하겠다는 말만으로는 그들의 마음을 사로잡지 못했다. 그러던 중 '신입 환영'이라는 문구로 반겨준 곳이 있었으니, 그 이름도 유명한 '민들레 영토'였다. 선남선녀만 일한다는 소문에 지레 겁도 먹었지만, 용감하게 공개 면접장을 찾아갔다.

"자, 오늘은 아홉 명을 뽑도록 하겠습니다. 지원자는 총 156명이군요. 다들 자신의 매력을 한껏 뽐내주세요!"

다행히 잘생긴 사람들만 있진 않았기에 내가 뽑힐 수도 있겠다며 내심 기대했지만, 결과는 보기 좋게 낙방. 오기가 생겼다. 취미로 마술을 즐기던 친구를 찾아갔다. "나 면접 봐야 하는데, 내가 돋보일 수 있는 간단한 마술 좀 가르쳐줘!" 1주일간 맹연습을 거친 후 다음 공개 면접에 재응시했다.

"자, 오늘은 일곱 명을 뽑도록 하겠습니다. 지원자는 총 148명이군요. 다들 자신의 매력을 한껏 뽐내주세요!"

하나둘 내 앞에 남은 지원자 수가 줄어들자 심장이 미친 듯이 쿵쾅댔다. '죽기 아니면 까무러치기야. 어차피 여기 아니면 갈 데도 없잖아.' 마침내 순서가 되어 태연한 척 준비한 연기를 선보였다.

"띠리띠리, 띠리띠리. 안녕? 난 이재호야. 난 세 살 때부터 자신감을 잃었어. 오늘 여기서 알바를 뽑는다길래 인재 한 명을 추천해주려고 왔지. 너희들, 이게 뭔 줄 알아?"

그때 내 손에서 불길이 솟구쳤다. 모두가 깜짝 놀랄 때 불은 꺼졌고 손에는 내 증명사진이 들려 있었다. 나는 면접관에게 그 사진을 건네며 말했다.

"자, 당신이 찾던 유능한 인재, 바로 여기."

당시 유행하던 〈웃찾사〉라는 프로그램의 유행어를 패러디한 것이었는데, 그렇게 눈 딱 감고 철판 한번 대차게 깔았던 날, 마침내 한자리를 따냈다. 사회에 내디딘 첫발이었다.

얼마 전 인기리에 방영된 예능 프로그램 〈강식당〉에서 이수근이 손님들에게 "저는 배운 게 없어서 설거지만 계속해요. 여러분, 기술을 배우세요. 기술을!" 이런 말을 자주 했다. 실제 이수근은 '강식당'의 만능열쇠였고 그 말은 우스갯소리였지만, 나는 첫 알바에서 그 의미를 뼈저리게 느꼈다.

지금이야 바리스타가 흔하지만, 그 당시의 바리스타는 업장에서 대체 불가능한 존재였다. 바리스타가 홀을 볼 수는 있지만 홀 서버가 커피를 뽑을 순 없는 법. 늘 잡일은 홀 서버들의 몫이었다. 업무 강도로 따지면 홀 서버가 더 높았는데, 급여는 더 낮았다. 사회는 그렇게 돌아간다. '착함' '성실함' 다 좋지만 그중 으뜸은 '쓸모'다.

돈을 쓰려고 알바를 한 거였는데, 웃기게도 알바를 하니 돈 쓸 시간이 없었다. 일이 너무 고돼서 마치면 바로 집에 가서 쓰러져 잤다. 그래서 돈이 꽤 모였는데, 그 돈으로 커피 학원을 등록했다. 나에게 투자한 것이다. 기술이 생기자 반기는 곳이 많아졌고, 커피는 적성에 꽤 잘 맞았다. 더 뛰어난 바리스타가 되기 위해 퇴근 후에는 서점에 들러 새로 나온 커피 서적을 읽었고 커피 관련 잡지도 정기 구독했다.

그러다 욕심이 생겼다. 잡지를 보다가 당시 일하던 가게 사장님께 메뉴 하나를 만들어보자고 건의했다. 바로 프랑스식 샌드위치, 크로크 무슈였다.

팬에 버터를 두른 후 밀가루를 넣어서 잘 섞어주면 루(roux)가 만들어진다. 루에 우유를 부어서 역시 잘 섞은 후 소금, 후추, 넛메그로 간을 하고 버터를 좀 더 넣는다. 이를 베샤멜(béchamel) 소스라 한다. 크로크 무슈는 이 베샤멜 소스를 햄 치즈 샌드위치의 식빵 안쪽에 바르고 겉에는 치즈를 올려 오븐에 구워내는 것을 말한다. 이름도 예뻐서 카페에 도입하면 획기적일 거라 생각했다. 실제 손님들의 반응도 대체로 괜찮았다. 그런데 시대를 너무 앞서갔다. 카페에서 브런치 메뉴를 즐기는 시대가 온 건 몇 년이 더 흘러서였다. 돈을 벌려면 대중보다 두세 발짝 앞서나가면 안 된다. 딱 반 발짝만 앞서야 한다.

몇 년 후 요리학교에서 브런치 주간에 크로크 무슈를 배웠다. 왜 이 타이밍에 이 재료를 넣어야 하는지, 왜 이건 이런 식으로 저어야 하는지 그 이유를 그제야 확실히 알게 되었는데, 그러자 얼굴이 조금 화끈거렸다. 잡지만 보고 따라 했던 그 시절 그 크로크 무슈는 상당히 어설픈 거였다. 손님들에게 프랑스식 샌드위치라는 거창한 설명을 곁들이며 되지도 않는 프랑스어 발음으로 주문을 유도했는데, 만드는 이도 주문하는 이도 그게 무슨 맛이어야 하는지를 몰랐다니!

그 시절 나는 열정을 팔았고 그분들은 호기심을 구매한 것이었다.

아버지도 홍합을 좋아하셨지

지난여름 유럽을 다녀온 친구와 술을 마시다 대화 주제가 자연스레 음식으로 넘어갔다.

"파리에 가면 홍합 한번 먹어줘야지. 넌 파리에 살아봤으니 잘 알겠다. 여행 중 만난 사람들하고 홍합 요리 먹으러 갔었는데, 맛있는 음식에, 대화 잘 통하는 사람들, 파리 특유의 그 낭만적인 분위기까지. 크으~ 그냥 끝장나더라고."

파리까지 가서 홍합을 먹고 왔다고? 아아…. 안타까운 마음이 목구멍까지 차올랐지만 구태여 입 밖으로 꺼내지는 않았다. 파리엔 홍합보다 맛있는 음식들이 널렸다고 알려줄 걸 그랬나 싶었지만, 어차피 그의 여행은 이미 끝났고 괜히 그의 좋은 기억을 훼손하고 싶지 않았다. 그래, 음식이 뭐가 중요하겠어. 즐거웠으면 됐지.

여름은 사실 파리를 여행하기에 적합한 계절이 아니다. 특히 8월은 파리지앵 없는 파리로 유명하다. 많은 프랑스 사람들이 여름에 긴 휴가를 떠나므로. 레스토랑 직원들도 마찬가지여서 많은 레스토랑이 8월 한 달간 문을 닫는다. 열려 있는 곳은 관광객을 상대하는 곳들인 경우가 많다. 루브르박물관, 오르세미술관, 에펠탑, 베르사유궁전 등의 인기 관광지도 관광객이 넘쳐나 땡볕에 몇 시간이고 줄을 서야 한다.

프랑스 사람들은 여름에 휴가를 떠나지 못한 사람들을 불쌍히 여긴다. 그래서 여름의 파리에는 '파리 플라주'라고 해서 떠나지 못한 자들을 위로하는 인공 해변이 센강 주변에 조성될 정도다.

그가 홍합을 얘기하는 도중, 문득 내 기억 속 한 장면이 스쳐 지나갔다. 파리에 머물고 있을 때 부모님이 휴가를 맞아 오신 적이 있다. 마침 일정이 비어 있던 터라 부모님과 함께 벨기에로 떠났다. 벨기에는 프랑스와 인접한 탓에 음식이 프랑스와 많은 면에서 비슷하다. 맛있기로 소문난 식당들은 휴가를 떠나 문이 닫혀 있었기에 선택지가 별로 없었다. 게다가 부모님의 동선에 맞는 곳은 더더욱 없었다. 아쉽지만 그나마 괜찮아 보이는 곳들을 찾아다녔는데, 처음 며칠은 비교적 잘 드셨지만 환갑에 가까운 부모님께는 다소 힘든 음식들이었던가 보다. 점점 외식을 버거워하시는 게 눈에 보였다.

그러던 어느 날, 홍합탕을 먹으러 갔는데 이게 딱 아버지의 취향을 저격했던 모양이다. "느끼하지 않아서 좋아, 속이 다 풀리네."라고 말씀하시던 아버지는 그날 이후 계속 "홍합 또 먹고 싶네. 아, 홍합 맛있었는데 말이야. 이 근처엔 홍합 파는 데 없니?" 하셨다. 그래, 맞아. 아버지도 홍합을 좋아하셨지.

프랑스식 홍합탕은 '물 마리니에르'라고 부른다. 한국에서 흔히 먹는 홍합은 진짜 홍합이 아니라며 〈먹거리 X파일〉 이영돈 PD가 재차 강조한 적이 있다. 우리나라 사람들이 알고 있는 홍합은 지중해담치라 했다. 그래서 감사하게도 한국의 홍합과 유럽의 홍합은 같은 품종이다. 같은 맛이 난다.

잘 해감한 홍합은 홍합끼리 껍질을 비벼 겉에 붙어 있는 따개비 등을 제거한다. 잘게 썬 양파와 파슬리 등을 버터 넣은 솥에 넣어 익힌다. 잘 씻은 홍합을 넣고 화이트와인을 부은 후 뚜껑을 닫으면 끝! 어느 순간 왠지 홍합이 입을 벌렸을 것 같은 느낌이들 때 뚜껑을 연다. 알코올과 비린내를 날리기 위해 조금 더 끓인다. 해감을 아무리 잘해도 홍합이 머금고 있던 불순물들이 솥 바닥에 남으니 그대로 먹기보다는 용기를 한 번 옮기는 것이 좋다. 홍합들은 집어서 옮기고 바닥에 남은 육수는 윗부분만 잘 따라서 먹는다.

누나가 결혼을 하면서 분가한 후에는 부모님과 나 이렇게 셋이서 여행을 다닌다. 요리학교 졸업 후 가족여행에서 달라진 게 있다면 저녁식사 정도는 직접 해 먹게 되었다는 것이다. 점심은 현지 음식을 사 먹고 오후에는 마트에 간다.

"아버지, 오늘 저녁 양고기 어때요? 관자도 좀 구울까요?"
"와인은 이거 어때요? 꽤 좋은 건데 지금 할인 행사 중이에요. 이럴 때 맛봐야 해요."

여행 가면 하나라도 더 보고 싶어하셔서 새벽부터 나가서 밤늦게 들어가자고 하던 아버지가 이제는 숙소에서 오붓하게 보내는 시간을 더 좋아하신다. 여행 중 하는 요리가 뭐 그리 대단하겠느냐마는 아버지는 늘 음식을 먹기 전 사진을 찍고 지인들에게 자랑도 하신다. 저녁마다 아들이 요리하는 것이 미안하신지 엄마는 "당신은 요리가 재료만 사 오면 뚝딱 되는 줄 알지. 안 해본 사람은 몰라."라고 아버지를 타박하시지만, 난 그런 투닥거림마저 정겹다.

그런데 점점 해가 갈수록 아버지가 여행을 버거워하신다. 매년 가족여행 가는 게 당연하다 여겨왔는데, 점차 당연하지가 않아진다. 의대 가겠다고 몇년 동안 수능 공부하는 것도 다 뒷바라지해주시고, 의대 와서도 유급당해 학비를 몇 번 더 내고 월세를 수십 번 더 내야 했던 것도 다 지켜봐주시고, 지금껏 이렇게 사람 구실 못하는 동안 얼마나 큰 빚을 졌던지….

아버지, 오래오래 사세요. 아무래도 다 갚을 수는 없겠지만 제게 시간을 좀 주세요. 앞으로도 계속해서 선물받은 와인 라벨은 읽을 줄 모르셔도 돼요. 그러면 저는 라벨을 읽어드리며 이건 얼마쯤 하겠다고, 누가 선물해준 와인이냐고 물을게요. 그러면 아버지는 지금처럼 "난 잘 기억이 안 나는데, 이거 비싼 거냐?" 이렇게 되물으세요. 그럼 저는 "이거 얼마쯤 하겠는데, 이런 와인을 받았으면 특별히 감사를 표하셨어야죠." 그렇게 책망하다가 "그래도 할인해서 샀으면 그것보다 저렴할 수도 있겠어요. 김영란법에 맞춰 샀나 봐요." 그렇게 아버지를 들었다 놨다 할게요. 우리 그렇게 같이 살아요. 그러니까 지금처럼 곁에 있어주세요. 저는 아버지의 멋없음을 계속 사랑할 거예요.

인심은 지갑에서 나온다더니

한때 부산에서 서울에 갈 때마다 구태여 압구정까지 들러 한가득 사서 내려오던 것이 있었다. 바로 마카롱이었다. 알록달록 파우더처럼 생긴 그것은 냉장고에 넣어두고 하나씩 꺼내 먹어도 좋았고, 혹 누군가에게 선물할 일이 있다면, 특히 그 누군가가 여성이라면, 누구든 반겨주는 마법 같은 존재였다.

파리에서는 언제든지 사 먹을 수 있었으니 그렇게 많이 쟁여놓을 필요가 없었다. 보통 두 알을 사서 하나는 가방에 넣고 하나는 입에 넣고 녹여가며 스쿠터를 운전했다. 그러면 달리는 내내 입안에 달콤함이 은은하게 퍼져나갔다. '신호 걸리면 잽싸게 나머지 하나 더 먹을까? 아니면 집에 가서 자기 전에 마저 먹을까?' 고민하다 보면 어느새 집에 도착해 있었다.

요리학교에서는 매주 금요일마다 프레장타시옹(présentation, PT)을 한다. 한 주간 수업한 결과물들을 한데 모아서 진열해놓고 파티를 여는 것이다. 아침부터 분주하게 그동안 미장해놓은 재료들로 요리를 완성한다. 제과나 제빵은 그 주에 완성한 것들을 냉동해놨다가 내놓곤 하는데, 요리는 그게 안 된다. 요리는 시간이 지나면 시들시들해지거나 굳어버리므로 늘 직전에 완성해야 한다. 때로는 그래서 금요일 전까지 내가 무슨 요리를 하고 있는지 모르기도 한다. 금요일이 되어서야 아, 이걸 만들려고 나흘 동안 그렇게 미장한 거구나 깨닫게 된다.

부랴부랴 요리를 완성하고 나면 셰프님의 지시에 따라 조리대를 가운데로 모으고 테이블보를 깐다. 그러고는 완성된 요리들을 보기 좋게 배열한다. 모든 준비가 끝나면 중앙 홀에 모두 모인다. 학교 이름이 새겨진 아주 큰 샴페인이 어느새 홀 가운데에 준비되어 있다. 학생들은 홀에 들어가면서 샴페인 잔을 하나씩 집어 든다. 어느 나라나 똑같은 걸까. 모두가 모이면 학장님의 기나긴 훈화 말씀이 시작된다. 다행히 나는 거의 알아듣지 못한다. 그저 학장님이 샴페인을 딸 순간만을 기다린다.

마침내, 펠리시타시옹(Félicitation, 축하합니다)! 파티가 시작된다. 샴페인을 받아들고 홀짝이며 완성작들을 구경하고 하나씩 맛본다.

'얘네는 이번 주에 이걸 배웠구나, 맛있겠다.'

'우와, 이 요리는 완전 예술 작품이 따로 없네.'

그 주의 수업 주제가 뭐였느냐에 따라 다르기는 한데, 어지간하면 늘 남는 음식을 집에 가져갈 수 있어서 보관 용기를 챙겨 간다. 수업이 없는 주말 동안 집에 퍼질러 누워 먹을 일용할 양식이 되는 것이다.

한번은 제과반에서 마카롱 주간을 가진 적이 있었다. 와, 태어나서 그렇게 많은 마카롱이 한꺼번에 진열돼 있는 것은 처음 봤다. 수십 종류의 알록달록한 마카롱이 수백 개는 쌓여 있었다. 허투루 만든 것은 하나도 없었다. 어디나 있는 마카롱도 있었지만, 생전 처음 먹어보는 조합의 마카롱도 수두룩했다.

행복했다. 여기가 바로 천국이구나. 이걸 돈 주고 사 먹으려면 대체 얼마가 들까. 허겁지겁 종류별로 조금씩만 담았는데도 용기 네 개를 꽉 채우고도 넘쳐 흘렀다. 인심은 지갑에서 나온다더니, 마카롱을 한가득 담아 집으로 가는데 여유로운 콧노래가 절로 나왔다. 가는 길에 만난 버스 기사분에게도 드리고 동네 슈퍼 아저씨에게도 마카롱을 쥐어드렸다.

자, 내가 행복을 나누어줄게요. 그렇게 나누어줘도 한참이 남아서 냉동실에 얼려놓고는 몇 날 며칠을 먹었다.

마카롱은 매우 섬세한 디저트라 만들 때의 습도, 온도, 머랭을 치면서 속도를 올리는 타이밍, 짤주머니에 담아 하나씩 짜낼 때 힘주는 정도, 오븐에서 꺼내는 시간 등 수많은 변수에 의해 그 완성도가 천차만별로 달라진다. 집에서 최소 단위로 만들면 마카롱 셸이 스물네 개 정도 나온다. 셸 두 개를 합쳐서 하나의 마카롱이 완성되니 열두 개의 마카롱이 만들어지는 셈이다. 그렇게 만들어진 마카롱은 냉장고에서 최소 하루 이틀 정도 숙성시켜야 한다. 그래야 아주 쫀득한 식감의 프렌치 마카롱이 된다.

혼자 다 먹으면 살찐다는 핑계로 몇 개는 내가 먹고 나머지는 낱개로 포장하여 주변 사람들에게 나누어준다. 그 덕분에 의대에서 나는 '마카롱 오빠'로 불렸다는 후문.

특별한 날 프랑스 사람들은

흔히들 프랑스 요리라고 하면 캐비어, 트러플, 에스카르고, 푸아그라 등을 떠올린다. 캐비어는 철갑상어 알로, 품질에 따라 편차가 있지만 대체로 매우 고가다. 굉장히 고급 레스토랑에서야 조금 맛볼 수 있다. '아닌데? 나 전에 평범한 레스토랑에서 캐비어 먹어봤는데?'라고 한다면 사실 그건 '아브루가 캐비어'였을 가능성이 높다. 캐비어 대신 청어살을 캐비어 모양으로 빚어서 만드는데, 진짜 캐비어 가격의 10분의 1 정도에 유통된다.

트러플은 트러플 소금, 트러플 오일 등으로 국내에서 꽤 대중화됐다. 트러플이 조금 들어 있을 순 있지만, 그걸로만 향을 내는 것은 아니고 합성 향이 첨가된다. 실제 트러플은 매우 비싸서 레스토랑에서 쓸 때도 아주 얇게 썰어서 낸다. 향으로 즐기는 재료이기에 그 방법이 맞기도 하다.

에스카르고는 식용 달팽이로, 주로 허브를 다져 넣은 버터를 올려 조리한다. 사람들의 기대와 달리 정작 프랑스에서는 잘나가는 식당보다는 관광객이 많이 가는 식당 혹은 동네 카페에서 쉽게 볼 수 있다. 프랑스에는 냉동 제품을 파는 상점이 곳곳에 있는데, 그 냉동실 구석의 에스카르고를 받아다 내놓는 곳들도 더러 있다.

반면 거위나 오리의 간을 의미하는 푸아그라는, 싸지는 않지만 그렇다고 접근하기 어려울 만큼 비싸지도 않다. 레스토랑에서든 가정집에서든 좋은 날, 주로 연말연시에 많이들 먹는다. 푸아그라는 단순히 팬에 굽거나, 테린(terrine)이라 불리는 용기에 담아 오븐에 조리하거나, 천으로 잘 말아 찌거나, 파이 안에 넣어 굽는 등 여러 방법으로 조리할 수 있다. 자취 요리로 만들기에는 보칼(bocal)이라 불리는 작은 유리병에 담아 만드는 방법이 가장 쉽고 적당하다.

먼저, 열탕하여 잘 소독한 유리병을 준비한다. 푸아그라는 두 개의 엽으로 구성되어 있다. 그걸 양옆으로 벌리면 큰 혈관들이 보인다. 이를 제거하고 소금, 후추, 넛메그 등으로 간을 한다. 준비된 유리병에 이를 담고 잘 밀폐시킨 뒤 끓는 물에 한 시간 반 정도 담가둔다. 그런 다음 꺼내서 차게 식히고 냉장고에 넣어 보관한다. 먹고 싶을 때 언제든 꺼내서 잼처럼 빵에 발라 먹으면 된다. 푸아그라가 싸지는 않으니까 먹을 때마다 한우 먹는 기분이 들기는 하는데, 특별한 날에는 우리 좀 그래도 된다. 이때 달콤한 잼이나 초콜릿을 곁들이면 금상첨화다. 와인과 먹을 거라면 샴페인이나 디저트와인이 잘 어울린다.

처음 푸아그라를 경험할 때는 '그거 비리다던데, 입에 안 맞으면 어떡하지?' 오만 걱정과 기대가 교차했다. 주문한 푸아그라는 마름모꼴을 하고 있었고 굵은 소금과 브리오슈가 곁들여 나왔다. 주위를 둘러보니 다들 그걸 잘라 브리오슈 위에 올려 먹길래 나도 그대로 따라 입에 넣었다. 오. 생각보다 괜찮았고 먹다 보니 꽤 맛있는 게 아닌가. 이것을 '푸아그라 테린'이라 한다. 흔히 거위 간으로 만든다고 알고 있지만 의외로 우리가 접하는 푸아그라는 대체로 오리 간이다.

팬에 구운 푸아그라는 몰캉한 조각 형태로 나온다. 썰어서 입에 넣으면 그대로 입안에서 녹아 없어져버린다. '아니 이게 뭔가! 그저 혀끝에 닿기만 했을 뿐인데!' 너무 황홀하지만, 너무 순간적이라는 치명적 단점을 지닌다. 이때, 푸아그라 상태가 좋지 못하면 비린 맛이 확 올라오기 때문에 냉장 상태로 유통되는 현지에서 맛봐야 한다. 냉동과 해동이 반복되어 유통되는 우리나라에서는 슬프지만 가급적 주문하지 않는 것이 좋다. 그런데 이게 얼마나 맛있냐면, 프랑스 다음으로 푸아그라가 유명한 나라가 헝가리인데, 헝가리 부다페스트를 같이 여행한 한 동생은 매년 특정일이 되면 메시지를 보낸다.

"나는 아직도 형이랑 먹은 그날의 푸아그라가 내 인생 최고의 음식이야. 올해도 그날을 기념하기 위해 메시지 보내! 잘 지내지, 형?"

맛있는 푸아그라를 만들기 위해선 오리를 과하게 비육시켜야 한다. 그래서 한국 오리와 프랑스 오리는 맛 자체가 다르다. 일반 오리 가슴살과 푸아그라용 오리 가슴살을 구분해서 부르는데, 메뉴판에 이를 제대로 표기하지 않으면 프랑스에서는 처벌을 받는다. 크기에서부터 압도적으로 차이가 난다. 무엇보다 껍질의 두께가 확연히 다르다. 간을 비육시키려고 엄청 먹이다 보니 간뿐만 아니라 모든 부위가 찌는 것이다.

조리 방법은 단순하다. 껍질 쪽에 칼집을 다이아몬드식으로 내고 그 사이사이에 소금을 넣어 간을 한다. 그리고 껍질 쪽부터 굽는다. 그러면 오리 기름이 주르륵 팬에 빠져나오게 되는데, 그 기름으로 구워야 온전한 오리 맛을 즐길 수 있다. 소스를 곁들이고 싶다면 오렌지 껍질로 만드는 비가라드(bigarade) 소스가 아주 잘 어울린다. 팬에 버터와 꿀을 넣어 녹인 후 잘 씻은 오렌지 껍질을 넣고 끓인다. 꿀을 넣었기 때문에 시간이 지나면서 캐러멜색이 된다. 여기에 오렌지즙을 짜 넣은 후 오렌지 리큐르도 넣어준다. 그런 다음 닭 육수를 넣어 졸이고 또 졸인다. 그러면 마침내 오렌지 풍미 가득한 비가라드 소스가 만들어진다.

마찬가지로 오리 다리 콩피(confit)를 요리할 것이라면 이때에도 푸아그라용 오리 다리를 쓰는 게 더 맛있다. 원래 콩피라고 하면 오리 기름에 담가 오랜 시간 조리하는 것을 말하지만, 요즘 세상이 좋아져서 굳이 그럴 필요 없이 수비드 기계와 진공포장기만 있으면 간단히 만들 수 있다. 소금에 절여둔 오리 다리를 마늘, 허브 등과 함께 비닐에 넣은 후 오리 기름을 넣고 진공포장한 뒤 그대로 66℃로 설정해둔 수비드 기계에 넣는다. 하루 푹 자고 일어나면 아주 맛있는 오리 다리 콩피가 완성된다.

그런데, 여기서 잠깐. 수비드 기계와 진공포장기가 집에 있을 리 없다고 하실 분들이 계시겠다. 사실 둘 다 각각 10만 원 안쪽에서 구매할 수 있고, 있으면 정말 편하고 유용해서 하나씩 구비해두기를 권하고 싶다.

그렇지만 없다면 어떻게 해야 할까. 앞서 나열한 재료가 든 지퍼백을 끝부분만 열어놓고 천천히 물에 담근다. 밑에서부터 공기를 손으로 쭉쭉 눌러 빼준다. 끝부분까지 공기가 모두 빠졌으면 잽싸게 닫는다. 나도 진공포장기가 말을 잘 안 듣거나 귀찮을 때 종종 이 방법을 쓴다. 수비드 기계가 없으면… 그럼 뭐 정통 방식대로 다량의 오리 기름에 담가 오븐에 장시간 두어야 하는데, 그걸 집에서… 에이, 번거롭다. 하지 말자. 지르자. 지름은 삶을 윤택하게 한다.

인생에 위로가 필요한 순간

파리로 도망쳤던 건 내 딴에는 살기 위한 몸부림이었다. 인생에 그 어떤 역경이 오고 삶이 거지같이 흘러간다 해도 죽을 생각은 없었으니까. 세상에 그 어떤 쓸모 있는 존재가 되지 못한다 해도 살아 있으므로 누릴 수 있는 즐거움마저 포기해야 하는 것은 아니지 않냐 말이다. 나는 종교적으로 대단한 신앙심이 있거나 하지는 않지만, 유급을 당했을 때 같은 처지로 긴 휴가를 보내게 된 한 신실한 친구가 해준 말을 아직 마음속에 깊이 새기고 있다.

"우리 너무 슬퍼하지 말자. 그분은 다 계획이 있으실 거야. 우리가 이런 일을 겪는 데에는."

요리를 배운 건 나중 일이고, 강제 방학이 시작된 처음 얼마간은 사실 뚜렷한 무언가를 하지 않았다. 그저 아침이면 눈을 떴고, 일어나 씻었고, 옷을 걸쳐 입고 파리 시내를 거닐었다.

그러던 중 한 가지 취미가 생겼다. 파리의 카페가 다른 나라의 카페와 유독 다른 게 있다면 테라스 좌석이 바깥쪽 거리를 향해 있다는 것이다. 정처 없이 걷다가 쉬고 싶어지면 카페 테라스에 자리를 차지하고 앉았다. 밖을 보며 앉으면 자연스레 지나가는 사람을 구경하게 된다. 사람 구경이 그렇게 재밌는지 그곳에서 처음 알았다. 사람들이 무슨 옷을 입는지, 무엇을 주문하고 어떻게 먹는지, 카페에서 어떻게 시간을 보내는지를 이렇다 할 목적 없이 그냥 보는 것이다. 어쩌다 한국인들이 와서 뒷이야기를 나누는 것을 엿듣는 것은 의도치 않은 묘미였다.

그 시절 즐겨 마신 것이 '쇼콜라 쇼'다. 에스프레소가 한 잔 훅 털고 일어나야 할 것 같은 음료라면, 쇼콜라 쇼는 천천히 식혀가며 홀짝이고 시간을 충분히 즐기기에 좋은 음료다. 그대로 직역하면 따뜻한 초콜릿, 이른바 '핫초코'에 비견되겠지만, 내가 좋아하는 쇼콜라 쇼는 핫초코와는 완전히 다른 맛이다. 쉽게 표현하자면 초콜릿을 그대로 녹여 마시는 진득한 음료랄까.

나는 생제르맹 거리에 있는 '카페 드 플로르'를 제일 좋아했는데, 그곳은 주전자에 쇼콜라 쇼를 담아줬다. 그러면 그 주전자를 여러 번 잔에 따라 마시는데, 처음에는 뜨끈하고 묵직한 맛이 훅하고 들어

온다. 그 순간 속이 든든해지며 기분이 좋아진다. 비싸지만 주문하길 잘했다 싶어진다. 그렇게 몇 잔을 홀짝이다 보면 마지막 잔에 도달하게 되는데, 그즈음이면 이미 식을 대로 식어 뭉쳐버린 초콜릿 덩어리가 잔에 뚝 하고 떨어진다. 집에 돌아갈 때가 됐다는 신호다.

이 쇼콜라 쇼를 이제는 집에서 간편히 만들어 마신다. 냄비를 꺼내 우유와 생크림을 적당히 붓는다. 비율은 본인이 원하는 묵직한 정도에 따른다. 거기에 커버추어 초콜릿을 넣는다. 식물성 유지나 정제가공 유지가 전혀 들어 있지 않고 순수 카카오 버터만 함유한 초콜릿을 커버추어 초콜릿이라고 한다. 대표적인 브랜드로는 프랑스산 '발로나'와 벨기에산 '칼리바우트' 등이 있고, 개인적으로는 발로나 과나하 70% 다크초콜릿을 좋아한다. 설탕이 많이 들어 있지 않으니 살찔 걱정이 없으며 이렇게 좋은 카카오는 오히려 건강에 도움이 될 것이라는 믿음도 있다.

커버추어 초콜릿까지 넣었으면 약한 불에 올린 후 주걱으로 살살 저어준다. 보글보글 끓으려고 하면 불에서 내리고 잔에 따른다. 인생에 위로가 필요한 순간, 백 마디 말보다 이 묵직한 한 잔이 나를 더 보듬어줄 때가 있다.

　또한 알게 되었다. 인생에 아무리 힘든 일이 닥친다 한들 그리 좌절할 것만은 아니란 것을. 그 시절의 내가 없었다면 지금의 나도 없었을 테니까. 내 모든 시련이 진짜 그분이 계획하신 거라면 정말 큰 그림을 그리고 계시구나. 얼마나 대단한 미래를 선물해주시려고 이리도 힘들게 하시나. 아무래도 오늘밤도 한잔 끓여 마셔야겠다.

유별나게 좋아하는 것

MBC 라디오 〈노중훈의 여행의 맛〉에 출연한 적이 있다. 『한입이어도 제대로 먹는 유럽여행』의 저자로 초대받아 나갔던 것인데, 그때 DJ가 이런 질문을 했다. "프랑스 요리 중에 제일 좋아하는 요리가 무엇인가요?"

나는 일말의 고민 없이 '비스크 수프'라 답했다. 파리에서 제일 좋아하는 레스토랑으로 소르본 대학 근처의 '르 콩투아'를 꼽는다. 그곳의 비스크 수프를 특히 좋아하는데, 그 수프에 바게트를 찍어 먹으면 어휴, 진짜 끝장난다. 워낙 인기 있는 식당이라 아침에 문 열자마자 가거나 어중간한 시간에 가지 않으면 줄을 서야 하는데, 그 수프 맛을 생각하면 언제고 얼마든지 줄을 설 의향이 있다.

비스크는 갑각류 껍질로 만들어진다. 갑각류는 흔히 살을 먹고 껍질은 버리는데, 이 껍질을 잘 활용하면 살보다도 더 맛있는 음식을 만들 수 있다. 레스토랑에서야 랍스터도 쓰고 랑구스틴도 쓰고 뭐 온갖 갑각류를 다 쓰지만, 집에서 혼자 그렇게 먹는 것은 너무 사치스러우니 살짝 도톰한 새우만으로도 만족한다. 새우 살은 감바스 알 아히요를 해 먹든 버터 구이를 해 먹든 알아서 맛있게 먹고, 벗겨낸 껍질들을 따로 모아 둔다. 쉽게 상할 수 있으니 냉동하여 보관한다.

적당량이 모이면 꺼내어 볶기 시작한다. 팬에 올리브유를 두르고 껍질을 볶으면 새우 향이 확 올라온다. '플랑베'라고 해서 높은 도수의 알코올을 넣어 한번 불내는 과정을 거쳐도 좋다. 비린 맛을 잡는 데에 도움이 된다. 잘못하면 탄내가 날 수 있으니 불은 살짝만 낸다. 온갖 향미 채소들도 같이 넣어 볶는다. 마지막으로 으깬 토마토와 닭 육수를 넣은 후 졸이고 또 졸인다. 레스토랑에서는 이때 닭 육수가 아닌 생선 육수를 쓴다.

갑각류 껍질이 가진 모든 맛을 완전히 뽑아내고 싶을 때는 블렌더로 갈면 좋다. 극한까지 맛이 끌어올려진다. 다만, 너무 심하게 갈아버리면 나중에 체에 거를 때 다 안 걸러지니 적당히 갈아야 한다. 어느 정도 맛이 나왔다 싶으면, 거름망에 껍질들을 넣고 꾹꾹 눌러 엑기스를 끝까지 다 뽑아낸다. 이렇게 거르고 나면 사실 조금 허무해진다. 그 많던 새우 껍질은 대체 다 어디로 가고 이것만 남았나 하고. 하지만 한 숟갈 떠서 맛보면 이내 씨익 미소가 지어진다. 아주 농축된 새우 폭탄 맛이 그대로 담겨 있기 때문이다. 여기에 우유와 생크림 등을 넣어 수프로 만들어 먹을 수도 있고, 이걸 소스로 하여 비스크 파스타를 해 먹을 수도 있다.

혹시 어디 가서 비스크를 맛볼 기회가 있다면 "버려지는 재료로 만들었으면서!"라고 그 위상을 격하시키지 말고 "이걸 만들려고 이곳 주방 막내는 얼마나 숱하게 손을 찔려가며 갑각류 껍질들을 벗겼을까. 그대가 흘린 피와 땀에 치어스!"라고 외치며 그 가치를 알아주었으면 좋겠다.

노동에 노동을 더해야지만 만들어지는 진정한 노동의 맛. 이런 맛을 유별나게 좋아한다. 그것이야말로 우리가 많은 돈을 내면서까지 먹을 만한 음식이 되는 가장 중요한 가치일지도 모른다.

그게 마지막인 줄도 모르고서

〈순풍 산부인과〉〈거침없이 하이킥〉등으로 유명한 김병욱 감독은 나의 외삼촌이다. 어릴 때부터 우리 집은 삼촌 프로그램이 시작할 시간이면 TV 앞에 모두 모여 방송을 봤다. 처음엔 피드백을 전하기 위해 의무적으로 보았지만 언젠가부터는 삼촌의 철학에 빠져서 보았다.

언젠가 〈하이킥 3 : 짧은 다리의 역습〉에서 극중 윤유선의 조기폐경이 에피소드로 다뤄진 적이 있다. (요즘은 완경이라는 용어를 쓰지만 방영 당시만 해도 폐경이라고 했다.) 극심한 스트레스를 겪던 윤유선은 이른 나이에 폐경을 경험하면서 더는 생리를 하지 않는다는 사실에 큰 충격을 받는다. 폐경이 이뤄지기 전 마지막 난자는 이렇게 말한다. "엄마, 저 이제 가요. 제가 마지막이에요. 제 뒤에는 없어요."

그리고 이어지는 내레이션. "우리는 살면서 얼마나 많은 일을 그게 마지막인 줄도 모르고서 떠나보내고 있는지 모른다."

누나가 결혼하기 전의 어느 여름, 우리 가족은 남프랑스에서 휴가를 보냈다. 해변에는 남부 음식으로 유명한 '부야베스'를 파는 곳이 많았다. '잡생선을 모아 끓이는 프랑스식 해물탕'이라는 인식 때문에 저렴할 줄 알았는데 생각보다 꽤 비쌌다. 망설이다 결국 못 먹고 근처 이탈리안 식당에서 대충 파스타로 저녁을 때웠다. 이탈리아도 아니고 프랑스에서 파스타로 한 끼 식사를 해결하다니.

　시간이 흘러 요리학교에서 부야베스를 배우던 날, 남프랑스에서 먹지 못한 부야베스가 떠올랐다. 부야베스에는 온갖 생선과 새우, 홍합 그리고 향을 더해줄 대파, 양파, 펜넬 등이 들어가고 소스로는 토마토가 들어갔다. 여기에 고가의 사프란까지 들어가 맛, 향, 색 등을 잡아준다. 그 유래는 비록 저렴한 음식이었을지 모르나 지금은 절대 그럴 수 없는 음식이라는 것을 깨달았을 때 아차 싶었다.

　부산 집에서 가까운 거리에 자갈치시장이 있다. 병원 실습 조원들을 초대해 홈 파티를 몇 번 열었는데, 한번은 부야베스를 하기로 마음먹고 시장에서 재료들을 샀다. 이름하여 자갈치 부야베스! 광어 한 마리, 조개 모둠 1kg, 홍새우 여섯 마리를 사니 그것만도 이미 3만 원이었다. 광어 살은 포 떠서 따로 익히고 광어 뼈로는 생선 육수를 뽑았다. 조개로는 조개 육수를 뽑았고 파리에서 귀국할 때 가져온 사프란까지 넣어 오랜 시간 끓였다. 재료비에 정성까지 합하면 이건 대체 얼마에 팔아야 하는 음식인 걸까.

오늘 하고 싶은 일이 내일도 하고 싶으리란 보장이 없다. 어쩌면 오늘 하지 않은 일은 평생 하지 못하는 일이 될 수도 있다. 무엇이든 하면 흔적으로 남지만 하지 않으면 후회로 남는다.

가족과 함께 떠났던 그때, 그 가치를 제대로 알아차리고 그 부야베스를 먹었더라면 어땠을까. 왜 그때는 바가지라고만 생각했을까. 내가 프랑스 남부에 가서 부야베스를 먹어볼 일은 앞으로도 있을지 모른다. 하지만 분가한 누나를 비롯하여 환갑이 훌쩍 넘으신 부모님과 모두 다 같이 프랑스 남부로 다시 떠나는 일은 아마 없을 것이다. 그러니 그날의 부야베스는 다시는 먹어보지 못할 음식이 되었다.

다행히 이제는 직접 만들 수 있게 되었으니, 다음 가족 모임 때는 부야베스를 한번 내놓아봐야겠다. 점심 먹고부터 준비하면 저녁에는 내놓을 수 있겠지. 그러면서 그날 일이 기억나느냐고 넌지시 묻는 거야. 누나는 조카를 돌보느라 정신이 없을 테고, 매형은 없는 기억이지만 애써 공감하는 척하겠지. 아버지는 몰래 김치를 찾으실 거고. 엄마는 무슨 요리가 이렇게 손이 많이 가느냐고, 어질러진 주방은 네가 다 치울 거냐고 또 잔소리하시겠지.

그래도 끓일 거야. 진짜 맛있는 음식을 하는 거야. 내 시간과 정성을 모두 갈아 넣어 가족의 입을 제대로 호강시켜주는 거야. 그렇게 우리는 추억 하나 또 쌓아가겠지.

카눌레 볼 때마다 내가 생각날 거야

디저트 카페에서 바리스타로 일할 때였다. 사장님은 주방에서 디저트를 만드셨고, 나는 바에서 음료를 만들었다. 나가야 할 주문이 다 끝나 쉬고 있는데, 사장님이 목장갑을 끼고 나오셔서는 카눌레 틀을 개수대에 와르르 부으며 말씀하셨다.

"재호야, 이것들 설거지 좀 부탁해. 안에는 솔로 구석구석 잘 닦고. 알았지?"

닦아도 닦아도 자꾸만 미끈한 무언가가 남았다. 이 기분 나쁜 미끈함은 뭘까. 열심히 안 닦은 것 같잖아. 설거지해본 것 중 역대급 귀찮은 녀석이었다.

잘 만든 카눌레는 겉은 바삭한 데 반해 속은 촉촉하고 부드러우며 달콤하다. 모든 디저트는 다 제각각 귀하지만, 카눌레는 돈 주고 사 먹을 가치가 차고 넘치는 디저트라고 생각한다. 그런데 때때로 어떤 카눌레는 겉이 충분히 바삭하지 않거나 속이 그다지 부드럽지 않다. 파티시에 친구한테 들으니 동으로 된 틀을 쓰고 밀랍을 제대로 발라야 하는데 여간 번거로운 일이 아니어서 일부 업장은 실리콘 틀을 쓰거나 밀랍 처리를 제대로 하지 않는다고 했다.

나를 두 시간 넘게 양파 볶게 만든 그녀와의 마지막 데이트 날, 우리는 카눌레를 나누어 먹었다. 먹으면서 한참을 재잘거렸다. 바리스타 시절에 카눌레 틀을 씻어봤는데 얼마나 번거롭던지, 이렇게 맛있는 카눌레는 손이 참 많이 가, 이런 맛이 나지 않는 것들은 실리콘 틀을 써서 그런 거야, 이건 밀랍 처리가 아주 잘돼 있네. 사실 별로 아는 것도 없으면서 조급한 마음에 뭐라도 계속 말을 해야 했다. 카눌레 몇 개를 먹다 보니 입이 너무 달아졌다. 더 먹지 않기로 하고 남은 카눌레를 포장지에 예쁘게 돌돌 말았다. 그걸 그녀에게 건네주며 이렇게 말했다.

"집에 가서 내 생각하면서 먹어. 너 이제 카눌레 볼 때마다 내가 생각날 거야."

그게 마지막임을 직감했던 것 같다. 더는 이 사람의 마음을 열 수 없을 거라는 무력감을 느꼈다. 적어도 지금은 어찌할 수 없다고 생각했다. 짧은 시간 스쳐 지나간 사람이었지만, 그녀가 흩트려놓은 일상을 제자리로 돌려놓는 데에는 시간이 좀 필요했다.

그러던 어느 날 카눌레를 직접 구워보고 싶어졌다. 동틀에 밀랍 처리를 하고 숙성시켜둔 반죽을 담아 구웠다. 그런데 아뿔싸, 구워지면서 카눌레들이 틀을 넘어 수플레처럼 부풀어 오르는 게 아닌가! 틀을 벗어난 반죽은 제멋대로 퍼져나가 문어 괴물이 되었다. 심지어 열에 가까운 윗부분은 타들어가기 일보 직전이었다.

어쩔 수 없이 꺼내어 틀에서 분리하자 이번에는 틀 안쪽이 말썽이었다. 충분히 구워지지 않은, 덜 익은 카눌레가 만들어졌다. 겉은 바삭하고 속은 촉촉해야 진짜 카눌레라고 그렇게 말했는데, 나는 지금 무엇을 만들어낸 것인가. 심지어 흘러넘친 밀랍들은 빠르게 굳어버려 아무리 닦아도 지워질 기미가 보이지 않았다. 부엌이 순식간에 아수라장이 되었다. 첫술에 배부를 수 없다지만 이건 너무했지.

까다로운 줄 알고는 있었지만, 생각보다 훨씬 더 까다로웠다. 그런데 문득 망가진 카눌레들을 보고 있자니 꼭 그녀를 향했던 내 모습 같았다. 상대가 마음을 충분히 열 때까지 기다리지 못했다. 관계가 까맣게 타들어가도 어찌할 줄을 몰랐다. 나의 노력으로 적당히 채웠으면 나머지는 자연스레 부풀기를 기다려야 했는데 그러질 못했다.

그렇게 우리는 무엇도 되지 못했다. 망가진 카눌레는 곧 나였고, 엉망진창이 되어버린 부엌은 내 마음과도 같았다. 내 생각하면서 먹으라고, 카눌레 볼 때마다 내가 생각날 거라고 그녀에게 말했는데… 그 말이 내게 돌아왔다.

무엇을 먹을지 고민해보셨습니까

살을 빼기 위해 어떠한 투자도 아끼지 않으려는 사람들이 있다. 다이어트 보조제, 지방 분해 주사, 지방 흡입 수술…. 먹어서 찐 것을 왜 덜 먹을 생각은 하지 않고 엄한 데 자꾸 돈을 쓰는 걸까. 다이어트에서 제일 중요한 것은 무엇보다도 식단 조절이다. 안 먹으면 빠진다. 이렇게 얘기하면 "누가 그걸 몰라? 안 먹기가 좀 힘들어?"라고 따져 묻겠지만 살이 찌고 빠지는 원리를 제대로 이해한다면 다이어트든 유지어트든 어려울 것이 없다.

인간은 살아 있는 한 끊임없이 에너지를 소비한다. 살은 에너지가 필요할 때 언제든지 꺼내어 쓸 수 있도록 저장해두는 창고다. 창고가 두둑한 것이 왜 문제가 될까. 아름다움의 정의가 시대별로 다르다지만, 요즘의 아름다움은 뚱뚱한 것보다는 날씬한 것에 있다. 살 때문에 스트레스 받는 건 시대를 잘못 타고났기 때문이라 생각할 수도 있지만, 필요 이상의 살은 외적인 아름다움만 해치는 것이 아니다. 그보다 건강을 해치는 것이 더 큰 문제가 된다. 건강검진에서 고혈압, 고지혈증, 고혈당 등이 발견되면 의사들은 이렇게 말한다.

"검사 수치에 이상이 있네요. 살을 좀 빼셔야겠어요. 먹는 걸 좀 줄이시고요, 운동을 꾸준히 하세요. 그래도 안 되면 그때 가서 어떻게 할지 다시 한번 상의해봅시다."

불가피하게 약을 써야 할 때도 있지만, 대개는 살만 좀 빼도 건강 수치가 안정 범위를 되찾는다. 살은 단순한 저장 창고가 아니다. 그 자체에서 호르몬을 분비하는 등 우리 몸에 좋지 않은 영향을 계속 준다. 살을 빼면 겉보기에만 좋은 것이 아니라 더 건강하게 살 수 있게 되는 것이다.

이쯤에서 장나라가 불렀던 〈나도 여자랍니다〉의 가사를 복기해보자.

"아침 일찍 일어나 조깅, 저녁 여섯시 이후론 금식, 이제부터 달라질래. 새로운 내 모습을⋯."

달라지는 방법으로 저녁 6시 이후 금식을 택한다. 저녁 6시부터 금식해서 아침 6시에 일어난다고 가정하면 열두 시간 공복을 유지하게 되는데, 여기에 아침 일찍 일어나 조깅까지 한다. 유산소 운동으로 열량은 더 소비되며 공복은 더 길어진다. 공복 열네 시간부터 지방이 분해된다고 알려져 있으니 그녀의 지방은 매일매일 분해될 것이다. 그녀는 달라질 수밖에 없다.

하지만 살을 빼겠다고 계속 공복을 유지하는 것은 힘든 일이다. 배고프면 먹어야지. 그러니 우리는 무엇을 어떻게 먹는 게 건강에 좋을지 고민해봐야 한다. 크게 탄수화물, 단백질, 지방으로 나누어 한번 생각해보자.

첫째, 탄수화물. 탄수화물은 사실 행복의 맛이다. 아이스크림, 케이크, 쿠키 등에는 많은 당분이 포함되어 있고 이는 모두 탄수화물이다. 뭐야, 저건 다 디저트잖아! 이렇게 반응한다면 본격적으로 읊어드리리. 라면, 떡볶이, 순대, 튀김, 칼국수, 볶음밥… 이제는 인정하겠지. 탄수화물은 행복이다. 그러나 탄수화물이 입에는 즐겁지만 몸에는 그리 좋을 것이 없다. 선천적으로 당뇨를 지닌 사람이 아닌데도 당뇨가 생겼다면 대개 이런 종류의 행복을 너무 추구했을 가능성이 크다. 그런 경우 극단적으로 탄수화물을 절제하면 약물의 도움 없이도 당뇨에서 벗어날 수 있다. 하지만 그 정도로 건강이 좋지 않은 경우가 아니라면, 우리 가끔은 행복을 누려도 되지 않을까.

둘째, 단백질. 한 식단 연구에 따르면 인간은 필요로 하는 단백질량이 충족되었을 경우, 허기가 가셔 식사를 멈출 수 있게 된다고 한다. 운동하는 사람들이 몸매가 근사한 것은 근육 합성을 위해 먹는 단백질이 허기를 충족시켜 살찔 만큼 과하게 먹는 것을 막아주기 때문일지도 모른다. 이때 질 좋은 단백질을 섭취하는 것이 중요하다.

가성비가 좋은 것은 달걀이다. 잘 삶은 달걀은 그 자체로 훌륭한 한 끼 식사가 된다. 고기류 중에서는 풀 먹고 자란 어린 양고기가 좋다. 양 특유의 냄새를 싫어하는 사람들이 있는데 어쩌면 좀 노쇠한 양(mutton)을 먹었을지 모른다. 1년 미만의 어린 양(lamb)에서는 냄새가 그리 나지 않는다. 아, 물론 양이니까 양 냄새가 나기는 하지. 근데 그 맛으로 먹는 거잖아.

고등어와 같은 등 푸른 생선이 몸에 좋은 것은 굳이 말 안 해도 다들 알 것이다. 연어는 노르웨이산이 청정하다고 착각하는 사람들이 있다. 하지만 노르웨이 연어는 정작 유럽 내에서는 소비되지 않는다. 과도한 항생제 및 성장호르몬 사용 등으로 인해 유럽 내 유통이 금지되었기 때문이다. 전량 일본, 한국 등으로 수출되며 유럽에서는 주로 스코틀랜드산 연어를 소비한다. 다행히 요즘엔 스코틀랜드산 연어도 국내에 수입된다.

셋째, 지방. 간혹 지방이 건강에 해롭다고 오해하는 사람들이 있다. 하지만 이는 사실이 아니다. 저탄고지(저탄수화물 고지방)를 추구하는 사람들도 있을 정도로, 질 좋은 지방은 몸에 오히려 유익하다.

그렇다면 무엇이 질 좋은 지방일까. 대표적으로 올리브유가 있다. 특히 냉압착 방식으로 추출되는 엑스트라버진 올리브유는 체내 콜레스테롤 수치를 낮춰주며 동맥경화 등의 심혈관계 질환을 예방해준다. 버터도 몸에 좋은데, 국내산 버터는 해당하지 않는다. 국내산은 대부분 합성 버터이거나 곡물을 먹고 자란 소의 젖으로 만들어지기 때문이다. 반면 프랑스산 버터는 풀을 먹고 자란 소의 젖으로 만들어지는데, 이는 건강에도 좋고 요리의 맛도 더 풍부하게 해준다.

치즈도 아주 좋다. 치즈의 세계는 워낙 방대해서 세세히 다루는 것은 무리지만 간략히 첨언하자면, 국내산 슬라이스 치즈 같은 것 말고 유럽산 치즈를 하나둘 접해보길 권한다. 처음엔 냄새가 약한 치즈부터 시작해서 점차 그 견문을 넓혀보자. 요리에 감칠맛도 더해지고 훌륭한 지방과도 친해지게 될 것이다.

그런 거 어떻게 다 신경 쓰고 먹냐고 생각할 수도 있지만, 이를 알고 지키려는 것과 몰라서 마구잡이로 먹는 것에는 큰 차이가 있다. 예를 들어, 돼지국밥을 먹으러 간다고 생각해보자. 보통 밥을 국에 말아서 양념을 넣고 숟가락으로 퍼먹는 것이 일반적이다. 하지만 나는 주문할 때부터 밥은 안 주셔도 된다고 얘기한다. 그러면 대개 고기를 좀 더 주신다. 이득이다. 그런 다음 밑반찬으로 나온 채소들을 먼저 먹고, 그다음 고기를 먹고, 마지막으로 국물은 먹고 싶은 만큼만 먹는다. 음식을 다 먹어야 한다는 생각을 버린다. 적당히 배가 차면 멈춘다. 식당에 가면 딱 먹을 만큼만 주문한다. 눈에 보이면 자꾸 먹게 되는 게 사람 심리다.

프랑스 요리는 체중 관리에 적격이다. 프랑스 요리와 이탈리아 요리의 결정적인 차이점이 바로 단백질과 탄수화물의 비율 차이다. 피자, 파스타, 리소토 등 탄수화물 비중이 높은 이탈리아 요리와 달리 프랑스 요리는 해산물이나 육류 등 단백질이 주를 이룬다. 그래서 프랑스 음식점이 이탈리아 음식점보다 대체로 더 비싸다. 그러다 보니 소비자에게는 접근성이 좋아서, 경영자에게는 수익성이 좋아서 이탈리아 음식점이 훨씬 대중적으로 퍼질 수 있었다.

'프렌치 패러독스'라는 말이 있다. 프랑스 사람들은 그렇게 먹고 마시는데도 왜 날씬하냐는 것이다. 그러나 이는 모순이 아니다. 그들은 음식에 버터를 많이 넣는다. 고지방식이다. 육류와 해산물을 많이 섭취한다. 고단백질식이다. 와인을 일상적으로 마신다. 와인은 지방을 분해한다. 수다스럽기로 둘

째가라면 서러운 그들이기에 식사 시간이 무척 길다. 천천히 먹으니 혈당이 급격히 오르지 않아 지방 합성 촉진이 더뎌진다. 와인의 안주는 치즈, 올리브 그리고 육가공품이다. 좋은 지방과 단백질이니 밤늦게까지 먹고 마셔도 살이 잘 찌지 않는다.

자취 요리를 하면 재료 선택, 조리 방법, 먹는 양 다 내 마음대로 할 수 있다. 라면과 과자를 종류별로 쌓아놓고 먹던 시절도 있었지만, 이제는 마트에서 그쪽은 쳐다도 보지 않는다. 사놓으면 어떻게든 먹게 되니 애초에 사지를 않는다. 집에 있던 화학 첨가물이 들어간 제품들도 싹 다 버렸다. 당분이 지나치게 높은 건과일도 버렸다.

그 대신 조금 비싸더라도 원물 그대로를 산다. 특히 주스는 절대적으로 피한다. 주스는 마시는 설탕이다. 과일을 통째로 먹으면 당분을 먹더라도 식이섬유를 같이 먹으므로 총 먹는 양이 줄어든다. 예를 들어 오렌지를 주스로 마시면 한 잔에 오렌지 여섯 개쯤은 손쉽게 먹게 된다. 하지만 직접 칼로 잘라서 한 조각씩 먹으면 한두 개로 충분하다. 씹는 행위도 포만감을 유발한다. 더욱이 하나하나 먹다 보면 무엇보다 귀찮아서 그만 먹게 된다. 과일을 마음껏 먹으려고 해도 절대 과하게 먹지 않게 되는 것이다.

프랑스 대법원 판사 출신이자 『미식 예찬』을 저술한 음식 평론가 장 앙텔므 브리야 사바랭은 다음과 같은 말을 남겼다.

"그대가 무엇을 먹었는지 말해보시오. 그럼 당신이 어떤 사람인지 말해주겠소."

나는 이 말을 이렇게 조금 바꿔보려 한다.

"그대가 무엇을 먹었는지 말해보시오. 그럼 당신이 왜 살쪘는지 말해주겠소."

한입이어도 제대로 먹자

프랑스 요리라고 하면 흔히 핀셋으로 하나하나 예쁘게 담는 플레이팅을 떠올린다. 하지만 정작 학교에서는 플레이팅에 대해 심도 있게 배운 적이 없다. 그래서 유튜브를 보거나 유명 셰프의 SNS를 염탐하며 독학했다. 학교에서 수업은 대체로 셰프님이 먼저 시연을 보이면, 학생들은 레시피를 받아 적으며 사진을 찍거나 그림을 그려 그 방법을 기억해두었다가, 개별 시간에 재현해서 검사를 받는 식으로 진행된다. 나는 그때마다 그대로 하지 않고 플레이팅을 조금씩 변형해 내었는데, 셰프님은 또 유튜브 봤냐고 꾸중하곤 했다.

나는 여전히 예쁜 요리가 좋다. 혼자 먹는 자취 요리여도 매번 플레이팅을 신경 써서 한다. 사진을 보여주면 사람들은 이게 자취 요리가 맞냐, 완전 고급스럽다고 말해주는데 그런 반응들이 참 좋다.

커피를 배울 땐 선생님께서 이런 말씀을 하신 적이 있다.

"처음에는 라테아트에 거부감이 있었거든요? 커피를 맛과 향으로 즐겨야지 예쁘게 보여서 뭐 하냐고요. 그런데 시간이 지나고서야 깨달았어요. 제대로 라테아트를 하려면요, 질 좋은 커피를 잘 추출해서 크레마가 두껍게 나와야 하고요, 우유 거품도 아주 고와서 올렸을 때 모양이 예쁘게 나와야 한다는 것을요. 즉, 기본기가 아주 중요하다는 거죠. 기본에 충실한 커피를 예쁘다는 이유로 배척할 이유는 없잖아요? 그래서 라테아트를 좋아해요."

예쁘게 담긴 음식이 단순히 예쁘다는 이유로 비난받는 것은 부당하다. 모양만 예쁘게 잡는다고 해서 음식이 맛있어 보이는 것도 아니다. 플레이팅이 예쁜 요리는, 실은 자세히 보면 각각의 요소들이 완벽히 조리되어 있는 상태다. 잘 요리된 음식을 보면 자연스레 군침이 돈다. 사진만 보고도 입안에 넣었을 때의 맛이 상상된다.

물론, 같은 음식도 어떻게 담아냈느냐에 따라 그 예쁜 정도가 달라지기는 한다. 미학적인 요소가 분명 포함되는 것이다. 대칭적으로 배열했는가, 홀수로 배치했는가, 평형이 맞는가를 비롯해 우리가 흔히 황금 비율이라고 여기는 것들이 모두 반영된다. 요리는 하나의 종합예술이라 표현하고 싶다.

자취 요리라고 해서 궁상맞을 필요가 있을까. 이왕이면 다홍치마라고 했다. 그렇다고 절대 과하게 하지는 않는다. 접시 위에는 먹을 수 있는 것만 올린다는 것이 내 철칙이다. 불필요한 것을 올리는 것은 제아무리 식용이라 한들, 맛이나 영양에 특별히 득되는 것이 아니라면 지양한다.

예쁜 플레이팅의 핵심은 접시 위에 모든 것을 다 담아내지 않는 것이다. 무엇을 더 채울까가 아니라 무엇을 더 비울까를 고민한다. 여백이 필요하다. 사람의 일과 똑같다. 너무 바쁜 사람, 내가 비집고 들어갈 틈이 없는 이에게는 이내 관심을 접게 된다. 매력에는 빈틈이 필요하다.

어차피 입에 들어가면 다 똑같다고 생각할 수 있지만, 내가 나를 귀하게 대하지 않으면 누가 나를 귀하게 여겨줄까. 자취 요리의 본질은 끝없는 귀찮음과의 싸움일지 모른다. 그러니까 우리, 오늘은 한 입이어도 제대로 먹자.

일찍 들어와, 같이 한잔하게

새로운 사람을 만날 때면 늘 이런 말을 한다.

"저는 술을 잘 마시지 못합니다. 주량이 약하죠. 하지만 와인은 좋아해요."

어딘가 어폐가 있는 것 같지만 사실이다. 술이 약해서 알코올이 조금만 몸에 들어가도 얼굴이 금방 벌겋게 달아오른다. 양주같이 도수 높은 술은 향만 맡아도 얼굴이 대번에 찌푸려진다. 소주도 잘 못마셔서 누군가 소주를 권하면 차라리 소맥을 말자고 한다.

그러나 와인만큼은 정말 좋아한다. 피곤해서 집에 들어가 쉬려다가도 "와인 마실래?"라는 말을 들으면 "어디서?"라는 말이 반사적으로 튀어나온다. 와인을 '신의 물방울'이라고 정의하는 만화도 있지 않은가. 생각할수록 딱 알맞은 표현이다. 이보다 더 완벽하고 영롱한 것이 또 무엇이 있을까.

와인은 크게 보면 레드와인과 화이트와인으로 나눌 수 있다. 레드와인은 심혈관 질환 예방에 도움이 되고 항산화 역할을 한다. 반면 화이트와인은 근육 생성과 염분 배출을 돕는다. 무얼 먹든 몸에 좋다는 소리지만, 그걸 목적으로 마시는 것은 아니다. 와인은 맛있어서 마시는 것이다. 하지만 마실 때 죄책감을 더는 데에는 그런 정보가 도움이 된다. 괜찮아, 마셔 마셔. 이건 술 아니야, 이건 와인이야.

와인과 프랑스 음식은 떼려야 뗄 수 없는 관계에 있다. 어느 정도냐면, 음식과 와인의 조합을 프랑스어에서 '결혼'을 뜻하는 '마리아주(mariage)'라는 단어를 써서 표현한다. 부부 사이에 궁합이 중요하듯, 음식과 와인도 다 제짝이 있다. 삼겹살에는 소주, 파전에는 막걸리, 치킨에는 맥주. 이런 식으로 음식과 와인을 짝지어주는 일을 직업으로 삼는 사람들을 소믈리에라고 부른다. 고급 레스토랑에 가면 소믈리에가 각 요리에 어울릴 와인을 마리아주하여 내놓는다.

와인은 소주처럼 무언가를 씻어내는 술이 아니라 소스처럼 곁들여 같이 먹는 술이다. 입안에 음식을 넣고 와인을 같이 마셔 오물오물 버무려 즐겨야 그 진가를 온전히 느낄 수 있게 된다. 환상의 짝을 만

나면 1 더하기 1은 3이 되는 마법 같은 순간을 경험하게 된다.

요즘은 워낙 와인이 대중화돼서 인식이 많이 변한 것 같기는 하지만, 나에게 와인이란 어딘가 어렵고 비싸 보이는 어른의 술이었다. 사람으로 치면 뭔가 되게 매력적으로 보여서 친해지고 싶고 알아가고 싶긴 한데, 너무 도도해 보여서 말 걸기조차 어려운 상대쯤 될까. 그럼에도 와인을 마셔야 하는 순간들은 온다. 고급 레스토랑에 가거나 높은 분과 식사하는 자리 같은 불편한 순간에는 꼭 와인이 등장한다. 그러면 잘 모르는데 모르는 티를 내기는 부끄럽고 해서 무슨 맛인지도 모르면서 대충 분위기에 맞추어 홀짝이며 어색한 웃음을 지어 보이는 것이다.

처음 파리에 갔을 때만 해도 누가 와인을 권하면 "제가 술이 약해서요. 죄송합니다."라고 번번이 거절하기 일쑤였다. 그런데 환경이라는 게 참 무섭다. 프랑스 사람들은 햇볕이 쨍쨍하게 내리쬐는 대낮에도 와인을 마신다. 식사에 와인을 곁들이는 일은 너무나도 당연한 풍경이다. 밤만 되면 센강 주변

에는 와인을 병나발 부는 이들이 넘쳐난다. 술주정
뱅이들인가 했는데, 그저 한껏 들뜬 청춘들이었다.
매우 독실한 이들로부터는 "비겁한 변명입니다!"라
고 타박 들을 소리일 수도 있는데, 사람들과 어울리
려면 와인을 마셔야 했다.

어느 날, 사람들과 에펠탑 앞에서 와인을 마시
기로 약속하고 동네 슈퍼에 갔다. 술을 잘 못 마시니
까 그냥 저렴한 거나 하나 사서 대충 마시다가 버려
야지 하고는 제일 작고 저렴한 것을 골랐는데 한 병
에 1유로였다. 생수와 값이 같았다. 에펠탑을 바라보
며 나란히 앉아서 와인을 마시는데, 마셔도 마셔도
계속 들어가는 것 아닌가. 이게 대화하면서 마시니
까, 술을 마시는 게 아니고 분위기를 마시는 것 같았
다고 해야 할까. 그날 와인이 가진 힘을 처음으로 느
꼈다.

한국으로 돌아온 후 본격적으로 와인 전문가 과
정을 이수했다. 좋아하는 게 생기면 끝까지 파고들
어야 직성이 풀리는 편이다. 수업 때마다 지역별 혹
은 품종별 와인을 대략 여섯 종씩 비교 시음한다. 모

든 수업이 다 끝나면 약 150종에 달하는 와인을 맛보게 되는 셈이다. 물론 와인의 세계는 훨씬 더 방대하므로 그것만으로는 절대적으로 부족하지만, 와인을 대하는 시각의 체계 정도는 잡힌다.

와인은 아는 만큼 보인다. 알수록 매력 있는 술이다. 이제는 누구를 만나든 상대가 거절하지 않는다면 와인과 함께한다. 처음 가는 레스토랑이어도 그곳의 와인 리스트를 보면 대략 그 구성이 보이고 무엇이 내 취향일지 알 수 있게 되었다.

요즘은 서울 집에 갈 때마다 부모님과도 와인을 즐긴다. 어릴 적엔 부모님과 술을 마셔본 적이 없다. 마주 앉아 오랜 시간 대화를 나눠본 적도 없다. 대학을 가면서 바로 독립하기도 했고, 어쩌다 서울에 오래 머물 때도 저녁 늦게 들어가선 아침 일찍 나가버리기 일쑤였다.

그러나 와인을 즐기게 된 후로는 부모님과 대화가 참 많이 늘었다. 와인은 급하게 마시고 취해버리는 술이 아니라, 조금씩 서로의 잔을 채워주며 함께하는 시간을 늘려나가는 술이다. 부모님과 이런저런

대화를 하면서 한 병을 비우고도 대화가 끊어지지
않아 한 병 더 비운다. 어느새 훌쩍 커버린 아들과의
대화가 즐거우신지 집에 가는 날이면 부모님이 항상
먼저 제안하신다.

"저녁에 일찍 들어와. 같이 와인 한잔하게!"

고양이와 살고 있습니다

나는 어쩌다 고양이를 좋아하게 됐을까. 어릴 적 짝사랑하던 누나가 고양이를 좋아해서? 아니, 싫지 않다고 말했지만 무서웠다. 할퀴면 어떡해. 전여친이 고양이를 키워서? 아니, 데이트하다 말고 고양이 밥 주고 나오는 거 깜빡했다며 발 동동 구르는 애한테 "그깟 고양이 하루 밥 좀 굶으면 어때서, 모처럼 데이트하는데 꼭 이래야겠냐?"라는 망언을 쏟아부은 나였다.

고양이를 좋아하게 된 진짜 계기는 사실 돈 때문이었다. 파리에서 집을 구하는데 예산이 빠듯했다. '싸고 좋은 것'이란 애초에 말도 안 되는 것임을 잘 안다. 싼 데에는 다 이유가 있고, 좋은 것은 좋을수록 비싸기 마련이니까. 하지만 발품을 팔아 찾고 또 찾았다. 좀 더 싸게, 좀 더 싸게…. 그러다 말도 안 되는 가격의 집을 찾았다. 냉큼 달려가 집을 살폈는데, 오! 주여! 이렇게 깔끔하고 좋은 집이 어찌 이 가격이란 말입니까! 사연인즉슨, 집주인이 프랑스 남부에 내려가 한동안 삶을 즐길 참인데 고양이를 데리고 가기 어렵다고 했다. 다시 말해 고양이를 돌봐야 하는 조건이었다. 전여친이 고양이를 키웠어요.

제가 고양이를 좀 알지요. 고양이를 참 좋아한답니다. 세상 비굴하게 그 집을 얻어냈다.

아침저녁으로 밥 주고 화장실 청소만 해주면 그만 아닌가, 뭐 어렵겠어. 그 집에서의 첫날 밤, 불을 끄고 누웠는데 고양이가 내 가슴팍에 턱 하고 올라와 누웠다. 그 순간, 심장이 쿵 하고 떨어졌다. 그야말로, 심쿵.

지금은 길고양이를 두 마리 데려와 키운다. 엄밀히는 고양이 카페가 문 닫으며 버려진 아이와 그 아이가 길에서 낳은 아이, 즉 모녀 고양이가 되겠다. 사람 손을 탄 엄마 고양이는 개냥이라 불리는 애교 많은 아이다. 집 번호키를 누르는 소리만 들려도 달려 나와 문 앞에서 기다린다. 내가 침대에 누우면 덩달아 올라와서 볼을 마구 부비며 그르릉댄다. 볼을 비비는 행위는 '너는 내 거야.'라며 자신의 냄새를 묻히는 것이고, 그르릉 소리는 편안하고 기분 좋음을 온몸으로 표출하는 것이다. 그럼 나는 그 아이를 껴안고 "어화둥둥, 내 시끼, 오늘도 잘 잤어?"라며 코 뽀뽀를 마구 한다.

딸 고양이는 전형적인 고양이 중의 고양이다. 다가가면 싫어하고 가만히 있으면 다가온다. 어린 시절을 길에서 보낸 아이라 경계심이 무척 강하다. 하지만 호기심도 많아 내가 무언가에 집중하고 있으면 옆에 와서 귀 쫑긋하고 바라본다. 특히 내가 화장실에 들어갔다가 나올 때면 늘 문 앞에 앉아 있다. "샤워는 위험하니까, 내가 지켜줄게."라고 말하는 것만 같다.

고양이를 키운다고 하면 사람들은 "넌 요리 잘하니까 너희 애들한테도 맛있는 거 많이 해주겠다."라고들 말한다. 그런데 이게 애들을 먹이는 영역은 또 이야기가 달라진다. 고양이한테 염분이 안 좋다는 말을 들었다. 처음에는 염분이 아예 들어가면 안 된다고 들었다가, 약간의 염분은 괜찮다는 소리도 들었다. 그러나 이게 부모의 마음인 건지, 내 손으로 내 아이들 간식에 소금을 넣는 일이 아무래도 망설여지더란 것이다. 그래서 결국은 닭가슴살을 직접 손질하고 수비드해서 육즙 가득하게 만들어 잘게 칼질해서 주었다. 하지만 호기심에 몇 조각 먹더니 쿨하게 떠나갔다. 그래, 사람도 간 안 되어 있는 닭가슴살은 아무리 촉촉해도 먹기 싫을 텐데 너희는 오죽하겠니. 미안해.

이제는 포기하고 시판 간식을 준다. 사료 회사에서 어련히 알아서 잘 만들었겠거니. 책임을 회피하는 방법이기도 하지만, 아이들이 좋아하고 매번 달라고 칭얼대고 여태까지 별다른 문제는 없었으니까, 그럼 됐지 뭐. 너희의 묘생에 맛있는 기억 하나 더 가지고 가렴. 참치, 연어, 닭가슴살, 오징어, 새우, 가리비 등 매번 종류를 바꿔가며 먹인다. 그 와중에 집사가 프랑스 요리 공부했다고 일상 사료는 꼭 프랑스산으로 챙긴다.

고양이랑 살면 감정에 솔직해진다. 좋은 것이 좋은 것이고, 맛있는 것이 맛있는 것이다. 그 외에 복잡한 생각은 필요 없다. 집사가 쓰다듬어주면 좋겠다 싶으면 그가 아무리 피해도 달려와 부비고 앞발을 뻗어 팔을 잡아끈다. 충분하다 싶으면 미련 없이 시크하게 떠난다. 배가 고프면 집사를 깨우고, 간식이 먹고 싶으면 야옹야옹 한다. 먹다가도 배부르면 멈추고 자리로 돌아가 드러누워 잔다. 우리 인간은 사실 이게 안 되는 것 아닌가. 누군가를 많이 좋아해도 너무 다가가면 부담스러울까 걱정하고, 상대가 마음을 주어도 나는 얼만큼이면 충분한지 몰라 헤매다가 관계를 그르치는 것 아닌가 말이다.

때로는 사랑을 갈구하기도 하고, 때로는 귀찮아하면서도 끝끝내 서로를 놓지 않는 것. 한순간 정이 뚝 떨어졌다며 어느 날 갑자기 남이 되지 않는 것, 어떠한 일에도 살을 맞대고 같이 사는 것. 그것이 가족이라면, 고양이는 내게 가족이다. 혼자라는 외로움을 두 고양이가 곁에서 얼마나 잘 보듬어주고 있는지 모른다. 내가 그들을 키우고 돌보는 것 같지만 실상은 그들이 날 돌보고 성장시켜주고 있다.

고양이는 사실 아무것도 하지 않는다. 특히 집고양이는 하루 스물네 시간 중 많게는 스무 시간 가까이 잔다. 하지만 내가 벽에 기대 누워 책을 읽고 있으면, 다리 옆에 고양이 한 마리가 슬그머니 다가와선 엉덩이를 내 쪽으로 내밀고 앉아 꼬리를 살랑살랑 흔들고, 저 멀리 다른 한 마리는 나른한 표정으로 나를 바라본다.

창밖으로는 잔잔한 바다가 어느 때보다도 푸르고, 햇볕이 잘 들어 빨래는 바사삭 잘 마른다. 모래사장에서는 뛰노는 아이들의 웃음소리가 들리고, 밥솥에서는 만능 취사 모드로 해놓은 호박고구마가 달큼한 향을 풍긴다. 이 순간이 얼마나 평온한지, 이 간지러운 평화에 얼마나 놀랍도록 행복하고 감사한지를 느끼게 해주는 건 다 고양이가 내 곁에 있기 때문이다. 기꺼이 내 사랑을 아끼지 않으련다. 그들에게는 내가 세상의 전부일 테니.

너희가 어디서 어떻게 태어났는지는 모르지만, 너희의 마지막 곁은 내가 지킬게.

너라면 너랑 연애하겠니?

프랑스에서는 중산층을 다음과 같이 정의한다.

1. 외국어를 하나 정도는 할 수 있을 것
2. 직접 즐기는 스포츠가 있을 것
3. 다룰 줄 아는 악기가 있을 것
4. 남들과는 다른 맛을 낼 수 있는 요리를 만들 수 있을 것
5. 공분에 의연히 참여할 것
6. 약자를 도우며 봉사 활동을 꾸준히 할 것

나는 중산층에 가까워지고 있는 걸까. 프랑스식 자취 요리를 하며 남들과는 다른 맛을 내는 요리를 만들 수 있게 되었으니 적어도 하나는 충족하고 있다.

몇 달 전부터 운동을 시작했다. 처음엔 체력 관리 때문에 하는 거라며 책만 보고 따라 했다. 그 모습을 본 트레이너가 딱한 표정을 지으며 "회원님, 그 운동은 그렇게 하시는 게 아니에요!"라고 소리쳤다. 영업하려는구나 싶어서 PT 얘기만 나오면 계속 모르는 척 미루려 했는데, 몇 번 교정을 받아보니 확실

히 효과가 느껴졌다. 결국 돈을 짜고 짜내어 주 1회 PT를 받고 있다.

운동을 시작할 때 친구가 "최소 3개월은 해야 어느 정도 몸이 변하는 게 보일 거야."라고 했는데 정말 3개월이 지나자 거짓말같이 조금씩 몸의 윤곽이 나타났다. 대놓고 '우와!' 정도까지는 아니지만 애써 힘을 주면 꽤 그럴듯해 보인다. 이래서 운동하는 사람들이 몸에 붙는 옷을 입는 것인가. 홋.

피곤할 때 운동하면 오히려 활력이 돈다. 근육 하나하나 신경 쓰며 집중하다 보면 내가 살아 있음이 느껴진다. 뭐든 괜찮았던 이십대와 달리 삼십대는 신경 써서 관리하지 않으면 망가지기 쉽다. 건강에 관심을 가지면서 식단을 바꾸고 운동을 하니 몸이 변하기 시작했다. 파묻혀 있던 턱선을 끄집어냈고 뱃살이 쏙 빠졌다. 바지는 전부 수선을 맡겼다.

요리할 때는 듣고 싶은 음악을 틀어놓는다. 보는 사람이 없으니 흥얼거리든 흥에 겨워 몸을 들썩이든 눈치 볼 필요도 없다. 사실 나는 대단히 흥이 많은데, 이건 우리 집 고양이들만 알고 있다. 단순히

남이 해준 음식을 사 먹을 때보다 재료를 직접 손으로 만지고 향을 하나하나 느끼면서 요리하니 재료의 맛이 더 세세히 느껴진다. 요리하는 내내 집 안에 퍼지는 음식 냄새도 너무 좋다. '이게 사람 사는 집이구나.' 싶은 안정감을 느낀다. 플레이팅을 어떻게 해야 더 예뻐 보일까, 사진을 어떻게 찍어야 더 멋질까 고민하는 시간도 즐겁다.

행복이 어딘가 멀리 있을 거라 여기던 때가 있었다. 하지만 이제는 그런 추상적인 것을 꿈꾸지 않는다. 지금 여기에서 행복하지 않으면 나는 어디서도 행복할 수 없다.

어릴 적엔 연애함으로써 내 존재 가치를 인정받고 싶었다. 이제는 그러지 않아도 내가 나를 사랑하고 소중히 여길 줄 안다. 앞으로 만날 사람은 가방에 책 한 권쯤 늘 넣고 다니는 사람, 약속 장소로 서점을 택하는 사람, 서로의 시간을 존중하는 사람, 상대를 불안하지 않게 하는 사람, 신선한 커피 향을 음미할 줄 아는 사람, 상대의 눈을 바라보며 와인 잔을 부딪칠 줄 아는 사람, 운동 등으로 자기 관리를 하는 사람이었으면 좋겠다. 예전에는 나를 만나기 전 몇 명의 이성을 만났는지가 궁금했다면, 이제는 홀로 얼만큼의 시간을 견뎠는지가 더 궁금하다. 연애의 공백이 없는 사람보다, 혼자의 시간을 충분히 잘 보낸 사람이 더 성숙하고 매력적으로 다가온다.

누군가를 좋아하게 된다면, 그 사람을 만날 때의 내 모습이 만족스럽게 변해가는지를 잘 살펴볼 것이다. 나의 좋은 점을 온전히 이끌어내는 사람, 있는 내 모습 그대로를 사랑해주는 사람. 만나고 있는데도 외롭고 쓸쓸하거나, 때로는 처량하게까지 느껴진다면 이는 건강한 만남이 아니다. 그 사람을 바라보는 내 표정에서 꿀이 뚝뚝 떨어지고, 행복하고 편안하다는 것이 그대로 다 드러나게 해주는 사람을 만나고 싶다. 초조하게 매달리는 연애는 불편하며 더러 내 자존감까지도 깎아먹는다.

어제의 나보다 오늘의 내가 더 마음에 들고 내일의 내가 훨씬 더 기대된다. 봄이 되어 마음이 살랑일 때도, 여름이 되어 끈적함에 짜증이 나고 긴 장마에 우울할 때도, 가을이 되어 외로움이 낙엽처럼 쌓

여갈 때도, 겨울이 되어 뼛속까지 온몸이 시릴 때도, 내 옆에 있는 소중한 사람과 맛있는 음식을 나눠 먹고 와인 잔을 짠짠 기울이며 긴긴밤을 함께 보내고 싶다.

"너라면 너랑 연애하겠니?" 이제는 누가 물어보면 확실히 대답할 수 있다.

"응. 꽉 붙잡고 안 놓아줄 건데?"

나를 대접한다는 건, 나를 사랑한다는 것. 나를 책임질 줄 안다는 건, 남을 진정 사랑할 수 있다는 것. 나 혼자서도 행복하다는 건, 그 행복을 나눌 준비가 됐다는 것. 하루하루 "우리 결혼하길 참 잘했어."라고 말하게 될 날을 손꼽아 기다리며, 오늘도 나는 프랑스식 자취 요리를 한다.

모쪼록 최선이었으면 하는 마음

2019년 12월 20일 오전 11시 10분. 한 통의 문자 메시지가 내 세상을 또 무너뜨렸다.

이재호 님은 2020년도 제84회 의사국가시험 실기시험에 불합격하셨습니다. -국시원-

슬픔을 받아들일 때 인간은 부정-분노-타협-우울-수용 5단계의 감정을 거친다고 한다. 처음 문자를 읽을 때는 지금 여기 대체 뭐라고 적혀 있는 거야, 전산 오류가 난 건 아닐까? 무슨 일이 나에게 벌어진 건지 어리둥절해서 도무지 그 어떠한 것도 현실로 다가오지 않았다.

그날 밤, 술집에서 술을 어느 정도 마시고 나서야 넋 놓아 울었다. 어지간하면 다들 붙는 시험이고, 본시험 전 치렀던 몇 차례의 모의시험에서 안정적인 평가를 얻었기에 떨어질 수도 있다는 생각을 전혀 해보지 못했다. 불합격자들끼리 모인 단톡방에서 온갖 분노를 표출하며 서로 위안을 얻기도 하고 국시원을 상대로 이의제기도 해보았지만, 그런다고 달라지는 일은 없었다.

같이 공부한 친구들이 얼마 뒤 의사가 되어 새로운 삶을 펼쳐나가는 것을 지켜보는 것은 퍽 고통스러운 일이었다. 쟤랑 나랑 별로 차이 안 났는데, 쟤는 의사고 나는 의사가 아니네. 코로나19로 나라가 뒤숭숭해져 의료진들이 최전방에서 싸울 때도 나는 그 싸움에 참여할 수 없었다. 의사가 되지 못했으니까. 그래도 어떻게든 내 밥벌이는 하고 싶었다. 무엇에라도 쓸모 있는 존재가 되어 나를 증명하고 싶었다.

때마침 지인이 주변에 괜찮은 요리사 누구 없느냐며, 사람이 필요하다고 연락을 해왔다. 괜찮으면 내가 하겠다 했다. 오랜만에 주방에 복귀했지만 일은 힘들지 않았다. 열정이 없는 게 힘들었다. 하고 싶어 달려들었던 때는 근무 시간이 길든 일이 많든 마냥 즐거웠다. 그런데 시험에 떨어져 떠밀리듯 주방에 서게 되자 일하기가 정말 싫었다.

표정 없는 날들이 계속되었다. 취미를 직업으로 삼으라는 말은 참으로 무책임하다. 그 일이 언제 안 좋아질 줄 알고. 취미는 취미일 때 빛을 발하는 것이다. 다른 일을 하다가 취미에 빠져 그쪽으로 전업하는 사람들을 두고 '덕업일치' 혹은 '성공한 덕후'라는 표현을 쓴다. 하지만 난 그렇게 살고 싶지 않다. 내 세상은 더 안전하고 더 견고했으면 좋겠다. 일이 힘들 때는 취미에 기대 살아도, 취미가 시들해졌을 때도 먹고사는 일에는 지장 없는 삶을 살고 싶다.

불행은 원래 한꺼번에 몰아서 온다던가. 전부터 약간 이상하다 느끼긴 했지만 크게 불편하지는 않아 대수롭지 않게 여긴 통증이 있었다. 하지만 하루 열두 시간을 서서 주방에서 일하다 보니 그 통증이 점점 커졌다. 한번은 퇴근길에 너무 아파 다섯 번쯤 길바닥에 주저앉아야 했다.

낌새가 심상치 않아 근무를 쉬는 날 바로 병원에 들렀다. 초음파 검사 후 의사는 단호하게 이렇게 말했다.

"서혜부 탈장입니다. 통증 호소하신 쪽이 확실히 심하긴 한데, 양쪽 다 탈장이 생겼어요. 보아하니 헬스 하시죠? 젊은 분들 헬스 하다 종종 찢어져서 와요. 수술 바로 해야 하고요, 어차피 반대쪽도 곧

아플 거예요. 이왕 수술하는 김에 한 번에 다 수술하시죠."

와, 나는 진짜 똥멍충이인가? 의대 졸업했으면서 탈장이 생긴 줄도 몰랐어? 아 맞다, 나 의사 시험 떨어졌지. 똥멍충이 맞지…. 바로 식당을 그만두는 건 무책임한 일이니, 후임자를 구해달라고 했다. 통증이 심해 기약 없이 일할 수는 없었고 2주간만 더 일하기로 했다. 요리를 하다 말고 계속 주저앉아야 했지만.

몸과 마음이 많이 지쳐 있었다. 수술을 마친 뒤 새로 일을 구하려 노력하는 대신 푹 쉬었다. 한동안은 움직이는 것이 힘들어 읽고 싶던 책과 미뤄뒀던 드라마를 집에서 몰아보며 회복에만 집중했다. 그런데 사람의 몸이라는 게 참 웃기다. 때가 되면 배가 고팠고 무언가를 먹어야 했다.

어디서 주문이 들어오는 것도 아니고, 합의해둔 레시피가 있는 것도 아니어서 다시금 나는 오로지 나만을 위한 셰프가 되었다. TV나 유튜브를 보다가 따라 해보고 싶은 음식이 생기면 재료를 사서 시도해보았다. 식용유 대신 올리브유를 쓴다든지, 플레이팅을 프랑스 요리처럼 한다든지, 어떻게든 나의 색을 더했다. 일하던 식당의 프렌치 어니언 수프 레시피가 나에게는 간이 맞지 않아 소금이 더 필요하다고 건의했는데, 나는 총책임자가 아니었으니 타인의 결정에 고분고분 따를 수밖에 없었다. 하지만 집에서는 넣고 싶은 만큼 맘껏 넣었다. 치즈도 모차렐라 대신 그뤼에르를 넣었다. 나 하나 먹이는 일인데 뭐가 따져서 무엇 하리.

사람은 사는 게 불안하기 때문에 루틴을 만들려한다고 한다. 나는 아침에 일어나면 습관적으로 커피를 내린다. 씻고 밥을 해 먹고 해야 할 일을 한다. 저녁에는 운동을 하러 간다. 그렇게 조금씩 일상의 안정을 되찾자 바닥을 쳤던 자존감도 제자리로 돌아오기 시작했다. 시험에 한 번 떨어져서 잠시 쉬어가게 되었을 뿐, 그것으로 내가 부정되는 것은 아니었다. 시험은 다시 준비해서 다시 치면 된다. 물론 큰 좌절이긴 했지만, 이제는 그럭저럭 나 자신을 잘 수습해낸 것 같다.

오히려 전보다 더 단단해졌다는 느낌도 받는다. 어느 병원에서 일하고 싶은지, 어느 과를 전공하고 싶은지에 대한 생각도 많이 변했다. 노력한다고 모든 것을 다 가질 수 있다고 생각하진 않지만, 노력하면 가질 수 있는 것마저 갖지 못한다면 나 자신이 많이 원망스러울 것이다.

그리고 이제는 인정한다. 그 시험이 아무리 불합리하고 어쩌고 그런 것을 떠나서 내 실력이 부족했다는 것을. 충분히 준비하지 않았다는 것을. 쥐뿔도 없는 게 안이했고 자만했다. 원래 어쭙잖은 애들이 자기가 뭐라도 되는 줄 알고 까불다 화를 면하지 못하는 것이다. 나처럼.

어떠한 일이든 일어나야만 하는 일도, 일어나지 말아야만 하는 일도 없다. 시련을 피할 수 있으면 좋겠지만 그렇지 못했다면, 그다음부터 중요한 것은 시련 그 자체가 아니라 시련을 대하는 태도에 있다고 생각한다. 지나온 길을 돌이켜보면 분명 이렇게 살려던 건 아니었는데. 하지만 뭐 어쩌겠는가, 이게 나고, 이게 내 삶인 것을.

수많은 순간과 선택의 연속이 모여 지금의 나를 이루었다. 살아보니 무엇이든 좋기만 하거나 나쁘기만 한 것은 없었다. 심지어 좋다고 생각했던 것도 시간이 지나고 보면 그렇게 좋지는 않았거나, 나쁘다고 생각했던 일도 뭐 그리 나쁜 일이 아니기도 했다.

　수없이 무너져도 다시 일어나고 버티고 나아가려는 내가 좋다. 앞으로 또 어떤 일이 닥치든 나 자신을 방치하고 미워하기보다 아끼고 사랑해줄 것이다. 적당한 하루에 만족하고 소소한 행복을 누리며 살아가야지. 매 순간 모쪼록 최선이었으면 하는 마음으로.

004

프랑스식 자취 요리

모쪼록
최선이었으면 하는 마음

1판 1쇄 펴냄 2020년 9월 9일   지은이 이재호
1판 3쇄 펴냄 2022년 5월 30일

편집 김지향 김수연 정예슬
교정교열 안강휘
디자인 박연미
일러스트 노준구
미술 이미화 김낙훈 한나은 이민지
마케팅 정대용 허진호 김채훈 홍수현 이지원 이지혜 이호정
홍보 이시윤 박그림
저작권 남유선 김다정 송지영
제작 임지헌 김한수 임수아 권혁진
관리 박경희 김도희 김지현

펴낸이 박상준
펴낸곳 세미콜론
출판등록 1997. 3. 24. (제16-1444호)
06027 서울특별시 강남구 도산대로1길 62
대표전화 515-2000
팩시밀리 515-2007
편집부 517-4263   세미콜론은 민음사 출판그룹의
팩시밀리 515-2329   만화·예술·라이프스타일 브랜드입니다.
                                    www.semicolon.co.kr
ISBN
979-11-90403-77-1 03810
                        트위터 semicolon_books
                        인스타그램 semicolon.books
                        페이스북 SemicolonBooks
                        유튜브 세미콜론TV